Eliane Schierer

LES ENQUETES DE SMITH ET HARD TOME 2

MEURTRE A LA GALERIE D'ART SAINT
CLAIR
suivi de
LES ENQUETES DE SMITH ET HARD A PERTH
EN AUSTRALIE
puis de
MEURTRE A L'HIPPODROME D'EPSOM

MEURTRE A LA GALERIE D'ART SAINT CLAIR

Ann Saint Clair est retrouvée morte dans sa galerie tôt le matin par Joshua Clarck le gardien. Elle a dans sa main entrouverte un flacon de tranquillisants. Un verre de champagne à moitié vide se trouve à côté de son corps. La bouteille de champagne a été posée en dessous d'un tableau de Walter Langley «Between the Tides» C'était une femme qui appréciait la vie, surtout qu'elle était guérie de son addiction à l'alcool depuis deux ans. Le couple n'avait pas de soucis d'argent car la galerie marchait bien. Etait - ce vraiment un suicide ou un meurtre perfide maquillé en suicide ? La médecin-légiste,Charlotte Dampling découvrira rapidement la vérité. Qui avait un motif pour la supprimer?

Nos enquêteurs, Arthur Smith et Robin Hard de Scotland Yard, devront s'investir profondément dans cette enquête, mais elle sera résolue avec brio une fois de plus!

Londres était sous le brouillard en ce lundi du mois de décembre. Au loin on entendait Big Ben sonner huit heures du matin. Smith et Hard arrivèrent en même temps sur le parking de Scotland Yard.

— Bonjour Robin, fit Hard. Bien dormi? Comment était ton week-end?

— Bonjour Arthur. Oh très bien, Merci! Mandy et moi sommes allés chez *MARIO,* la pizzeria italienne du coin samedi soir. Dimanche nous avons assisté à un match de cricket : l'Inde jouait contre l'Australie.

— Et le vôtre ?

— Mandy et toi vous ne vous quittez plus depuis le meurtre de son frère au *Black Owl.* C'est très bien Robin. Je vois que tu es heureux et c'est ce qui compte. Béatrice, Abbigail et moi sommes allés voir *Mamma Mia* samedi soir, c'était époustouflant ! Dimanche, nous sommes restés chez nous : Abbi avait des révisions à faire. J'ai aidé Béatrice à faire un peu de ménage car elle avait de la fièvre. Tu sais qu'en mai, Abbi passe ses examens pour le lycée *Fletcher.* Tu connais ma fille, elle s'est mise en tête de devenir policière comme moi. A 10 ans elle le savait déjà, et il n'y a rien qui l'en dissuadera. Béatrice a tout essayé, mais rien n'y fait. Nous la laissons donc faire, car c'est sa vie et non la nôtre.

— Oui, je m'en souviens, tu me l'avais dit il y a de cela quelques mois.

— Bonjour, fit une voix d'homme.

C'était le commandant James Alistair, le successeur de Harper, ce dernier étant décédé suite à un cancer.

— Bonjour Monsieur Alistair, répondirent les enquêteurs.

— J'espère que vous avez passé un bon week-end?

— Oui Monsieur, rétorquèrent Hard et Smith!

— Et vous mon commandant?

— Oh, j'étais avec Suzie, ma fille, voir un match de football samedi soir. Brentfort a gagné contre Fulham. Suzie était ravie. Bonne journée, Messieurs, à toute à l'heure. Je vous laisse travailler!

— Bonne journée à vous également.

— Bon, fit Hard, voyons ce qu'il y a encore comme affaires en cours sur nos bureaux.

— Bonjour Wilder et Benson, alors avez-vous passé un bon week-end? demanda Arthur.

— Oui, il était un peu écourté, car nous avons travaillé samedi!

— Ah bon, qu'est-ce qui s'est passé?

— Nous avons enfin coffré le responsable qui distribuait des drogues à l'école *St. Anthony*, répondit Wilder.

— Félicitations, cela sent la promotion, dit Robin.

— Très bon travail, fit Arthur. Bien, nous allons consulter les affaires en cours, ensuite j'aviserai.

A peine étaient-t-ils installés derrière leur bureau pour organiser le travail, que le téléphone d'Arthur sonna!

— Allô, ici Joshua Clarck, le gardien de la galerie d'art Saint Clair !

— Je suis bien chez Scotland Yard?

— Oui, inspecteur en chef Arthur Smith à l'appareil !

— Oh, inspecteur venez vite à la galerie, Madame Ann Saint Clair, la propriétaire, est allongée sous le tableau de *Walter Langley* qu'elle adorait. Elle est morte, Messieurs, venez vite. Je vais prévenir sa famille! Merci.

— Ne touchez à rien Monsieur Clarck, c'est une scène de crime ! Nous arrivons tout de suite. Veuillez nous indiquer l'adresse, s'il-vous-plaît!

— 20, Badminton Avenue.

— Merci, à tout de suite!

— J'ai entendu, rétorqua, Robin, qui est décédé?

— Ann, la propriétaire de la galerie Saint Clair. Attends je vais prévenir Charlotte et son équipe pour qu'elles nous rejoignent.

Un quart d'heure plus tard, nos enquêteurs arrivèrent sur le lieu du crime, le gyrophare allumé. Monsieur Clarck leur ouvrit le portail. Le bâtiment datait de l'époque victorienne. Elle contenait des œuvres d'art d'une valeur inestimable. Il y avait, entre autre, des tableaux surréalistes de Salvador Dali, de Magritte ainsi que quelques uns qui représentaient des paysages magnifiques de Vincent Van Gogh!

— Venez Messieurs, Madame Saint Clair est allongée ici. C'est atroce!

Les policiers s'avancèrent et découvrirent le corps d'une femme frôlant la cinquantaine. Elle était habillée d'un pantalon et d'un gilet en tweed gris avec un chemisier blanc A côté d'elle était posé un verre à moitié vide contenant du champagne. La bouteille se trouvait en - dessous du tableau de *Walter Langley;* il représentait un pêcheur en train d'embarquer sur un petit bateau de pêche ainsi que deux femmes qui se tenaient à quai ; l'œuvre de l'artiste s'intitulait « *Between the Tides»*. Ann tenait dans sa main, entrouverte, un flacon de tranquillisants vide!

Quelques minutes plus tard, Charlotte, la médecin-légiste, ainsi que Chiara et Alan de la police scientifique, arrivèrent à la galerie. Chiara et Alan prirent des clichés et passèrent au peigne fin la scène de crime. Charlotte examina le corps d'Ann.

— Alors Charlotte, qu'en penses-tu? Est-ce un suicide ou un meurtre déguisé ? demanda Arthur.

— Hum, le corps d'Ann Saint Clair gît dans un fauteuil, le flacon de tranquillisants bien en évidence dans sa main, et ce verre de champagne en dessous du tableau de *Walter Langley,* on dirait une mise en scène! Quand on veut se suicider, on ne pense pas à de tels détails. Cela ne me plaît pas. La victime ne porte pas de marques de strangulation ou de blessures apparentes. Il n'y a pas de traces de lutte. Elle devait connaître son agresseur et ne s'est pas méfiée. Mais ce qui m'intrigue, c'est qu'elle a une trace de piqûre dans son dos. L'autopsie nous en dira plus. Ce produit toxique et les barbituriques c'en était trop, son coeur a lâché je suppose. D'après la rigidité cadavérique, Madame Saint Clair est décédée aux alentours de minuit. Je pourrais vous en dire plus demain matin après l'autopsie. Nous avons affaire à un tueur maladroit qui voulait nous faire croire à un suicide. Il croyait qu' on n'allait pas s'apercevoir de l'injection qu'il lui a faite dans le dos ?

— Merci Charlotte, rétorqua Arthur.

— Monsieur Clarck, existe-t-il une vidéo-surveillance de l'endroit où Ann a été retrouvée morte?

— Oui, elle existe bien, mais elle se trouve à l'entrée de la galerie. Je vais vous la chercher, un moment…... La voici!

— Merci Monsieur Clarck, Chiara et Alan veuillez l'analyser et ensuite vous me communiquerez vos conclusions. Merci.

— D'accord Arthur.

— Mais qu'est ce qui se passe? Mon Dieu ma femme, ce n'est pas possible, sanglotait Brett Saint Clair, qui venait d'arriver. Ann a un flacon dans les mains. Vous croyez…..oh non, c'est impossible! Elle ne s'est tout de même pas suicidée…???

— Sincères condoléances, Monsieur Saint Clair, nous sommes désolés de ce qui vous arrive, dit Arthur. Voici mon collègue Robin Hard, inspecteur de Scotland Yard, je suis l'inspecteur en chef Arthur Smith. Notre médecin-légiste fera une autopsie pour déterminer les causes exactes du décès. Il semblerait que l'assassin lui ait injecté un produit toxique dans le dos, et avec les barbituriques, son coeur aurait lâché. Surtout ne touchez à rien, c'est une scène de crime. Nos enquêteurs sont en train de passer tout au peigne fin. Je sais que le moment est peut-être mal choisi, mais nous aurions quelques questions à vous poser.

Un claquement de porte les fit sursauter. Un homme trapu, presque chauve entra. C'était le père de la victime, Peter. Derrière lui, se tenait une petite créature frêle. C'était la fille d'Ann, Mary. Elle devait avoir une vingtaine d'années. Quand ils découvrirent le corps, ils se mirent à pleurer.

— Messieurs, voici ma fille et mon beau-père Monsieur Rutherford!

— Sincères condoléances, Mademoiselle Saint Clair, Monsieur Rutherford. Voici mon collègue Robin Hard, je suis Arthur Smith de Scotland Yard. Comme je viens de le dire à Monsieur Saint Clair, notre médecin-légiste devra pratiquer une autopsie pour déterminer la cause exacte du décès. Elle a découvert dans le dos de la victime une trace d'injection peut être un produit toxique. Si c'est le cas, c'est sûrement ce qui lui a été fatal. Nous aurons les résultats demain dans la journée.

— Je ne comprends pas, rétorqua le père d'Ann. Ma fille avait toujours un moral d'enfer, elle enchaînait les vernissages, recevait des clients, organisait des réceptions. Mais qui aurait pu lui en vouloir à ce point!? Je ne lui connaissais pas d'ennemis. De plus un verre de

champagne, c'est insensé, car ma fille était diabétique !
Elle devait s'injecter, une fois par jour, sa dose d'insuline,
une bonne raison pour ne plus toucher à l'alcool. Elle
avait suivi une cure de désintoxication deux ans
auparavant. Depuis, elle revivait. Oh, je suis anéanti!

Une grosse larme coulait le long de sa joue
droite. Il portait une barbe grise. Son costume était en
tweed brun rayé. Le vieil homme sanglotait. Il tenait dans
sa main droite un mouchoir pour essuyer ses larmes.

— Grand-père a raison, fit une voix presque
inaudible. Maman était comme il l'a décrite. Surtout ce
verre de champagne à côté d'elle. Je ne comprends pas.
Depuis sa désintoxication elle allait beaucoup mieux. Je
vous assure, ma famille peut le confirmer, elle en avait
terminé avec son addiction à l'alcool. Et qui avait intérêt
à l'assassiner? Je ne vois vraiment pas!

Mary était vêtue d'un jean noir et d'un chemisier
blanc.

— C'est pour cela que nous devons attendre les
conclusions de notre médecin-légiste, répliqua Robin.

— Pourrions-nous nous entretenir dans un autre
lieu ? demanda Arthur

—   Oui bien sûr, fit Brett, veuillez me suivre dans mon bureau !

Arthur, Robin et la famille s'éloignèrent de la scène de crime. Ils passèrent devant des tableaux à la renommée mondiale. Le long du couloir on pouvait distinguer également des portraits de la famille Saint Clair, des Rutherford, ainsi que de leurs ancêtres.

— Nous serons aussi brefs que possible, fit Arthur.

— Comment pouvons nous vous aider, demanda Brett?

— Votre fille prétend que votre épouse était guérie de son addiction à l'alcool, or, on découvre une bouteille de champagne sur le lieu du crime.

— C'est justement ce que l'on ne comprend pas. Je vous jure que jamais on ne l'a vu replonger dans l'alcool! C'est totalement incompréhensible. De plus, comme mon beau-père l'a dit, Ann était diabétique et devait s'injecter sa dose d'insuline une fois par jour. Je ne pense pas qu'elle aurait mis sa vie en danger car elle n'avait certainement plus envie de se retrouver dans le même engrenage qu'auparavant, rétorqua Brett.

— Est-ce que votre femme avait des soucis d'argent, ou des problèmes personnels? Est-ce que quelque chose la tracassait? Vous a t-elle dit si quelqu'un la harcelait?

— Pour répondre à vos questions, notre galerie a une excellente renommée, la clientèle est internationale, certains musées et clients nous ont également contacté pour acheter des tableaux de Dali, Magritte et Kandinsky, donc aucun souci financier; c'est ma femme qui gérait l'argent. Cette entreprise nourrit quatre personnes, ma femme, ma fille, mon beau-père, qui était longtemps le propriétaire, et moi-même. Le père de mon épouse a hérité d'une grande fortune venant de sa femme. Quant à ses problèmes personnels, elle a fait une cure de désintoxication, c'est exact, mais depuis elle était sobre. Elle s'est battue contre cette maladie. Vous savez, avec ces réceptions et vernissages aux cocktails ou au champagne, elle avait vite fait de tomber dans ce piège, et là, elle aurait replongé!? On l'a beaucoup soutenue. Ann était une battante! Depuis sa cure elle revivait et était pleine de joie! Bon, des envieux et des jaloux il y en a dans chaque milieu, vous savez! Mais de là à vouloir faire disparaître ma femme, non, c'est insensé, je n'y crois pas! Ces derniers temps elle me semblait plus fatiguée et irritée. Elle voulait partir quelques jours en vacances et je n'y voyais pas d'objection.

— Merci pour ces précisions Monsieur Saint Clair. Nous allons prendre vos empreintes ainsi que celles des membres de votre famille.

— Mais pourquoi cela, vous nous prenez pour des assassins ? fit-il d'un ton arrogant. C'est le bouquet! Cela n'a aucun sens!

— Non, Monsieur Saint Clair, la prise d'empreintes est pour vous éliminer de la liste des suspects potentiels, répliqua Arthur. Nous ne faisons que suivre la procédure en cas de mort suspecte. Ensuite nous vous demanderons de nous établir la liste des connaissances et amis de votre épouse.

Mary, Peter et Brett étaient assis autour du bureau et Robin s'empressa de prendre leurs empreintes. Brett dressa la liste pour la remettre aux enquêteurs. Il ne dit plus rien mais semblait très en colère et agacé. Il transpirait.

— Monsieur Rutherford connaissiez-vous des ennemis à votre fille? demanda Robin.

— Non, pas que je sache, mais vous savez, Ann ne me disait pas tout. Je connaissais ma fille, et quand cela n'allait pas, je le voyais tout de suite, elle ne pouvait rien me cacher. Effectivement depuis quelques temps elle était plus nerveuse. Quand je lui ai demandé ce qui la tracassait, elle m'a dit qu'elle était fatiguée et qu'elle et Brett partiraient bientôt en vacances. Mais je pense qu'il y avait autre chose. Hélas je ne puis vous en dire plus. Ce qui m'étonne, enfin nous étonne, c'est qu'elle ait retouché à l'alcool, je n'aurai jamais pensé que cela arriverait encore une fois!

— Durant votre vie professionnelle avez-vous toujours travaillé dans des galeries d'art?

— Oui je n'ai fait que fait cela, répondit Peter. Ma femme avait hérité d'une grosse somme d'argent de ses parents, nous pouvions donc nous lancer dans cette entreprise assez lucrative, j'en conviens.

— Et vous Mademoiselle, que pouvez vous nous dire au sujet de votre mère?

— Je confirme les dires de mon grand-père et de mon père, maman était plus nerveuse que d'habitude, un rien la faisait bondir. Moi aussi je lui ai demandé si quelque chose n'allait pas et j'ai eu droit à la même réponse que grand-père et papa. Mais je sentais bien que quelque chose la chagrinait et je suis également très surprise d'apprendre qu'elle avait replongé! Pourquoi ne nous a t-elle rien dit; elle serait peut-être encore en vie maintenant. Je m'occupais du secrétariat de la galerie et j'aidais maman à organiser ses réceptions et vernissages. Nous nous entendions très bien. Quand je lui ai appris que je voulais continuer mes études d'architecture, elle n'a pas fait de commentaires, mais je voyais qu'elle était triste. Elle n'était pas du genre «mère poule» Elle m'a félicité pour mon courage! Comme je vous l'ai déjà dit, elle était guérie de son addiction, c'était devenue une autre personne . J'avais retrouvé ma mère!

De grosses larmes coulaient le long des joues de la jeune femme.

— J'espère que nous serons vite fixés quant à la cause de son décès, dit-elle.

— Oui, nous en saurons plus demain, rétorqua Arthur. Mais avant de partir, nous aimerions que vous nous disiez où vous vous trouviez la nuit du meurtre de votre mère?

— J'étais avec papa, nous regardions un match de football, c'était Brentfort contre Arsenal, c'était un match amical.

— Ma fille vous dit la vérité., le match s'est terminé vers 23 heures et nous nous sommes couchés. Vous savez Ann ne se couchait jamais avant minuit, j'avais l'habitude. Je savais qu'elle était encore à la galerie en train de travailler et de gérer le patrimoine.

— Et vous Monsieur Rutherford?

— J'étais sorti prendre l'air et j'ai vu de vieux copains chez *FLETCHER*. Vous pouvez demander au chef de l'établissement, Alan Parker, voici le numéro de téléphone du pub. J'y suis resté jusqu'à la fermeture vers 23 heures.

— Nous vous remercions pour vos témoignages. Merci pour la liste Monsieur Saint Clair.

— Auriez-vous l'amabilité de passer au poste cet après-midi vers 17 heures pour signer vos dépositions, merci!

— Bien sûr nous passerons, rétorqua Peter. Les enquêteurs s'éloignèrent de la galerie. Ils firent signe à Charlotte, Chiara et Alan.

— Qu'en penses-tu Arthur? C'est un drôle d'endroit pour assassiner quelqu'un. Cette famille me semble bien soudée, mais bien souvent les apparences sont trompeuses, dit Robin.

— C'est ce que je pense également. Je crois qu'on nous cache des faits. Personne n'a remarqué qu'elle avait replongé dans l'alcool, c'est étrange! On verra ce que l'autopsie nous révélera. Charlotte a raison, on aurait dit une mise en scène. Bon, viens, nous allons passer d'abord chez Madame la Procureure Fitchett pour la mettre au courant. Je vais l'appeler de la voiture. Ensuite nous rentrons au bureau éplucher la liste des amis et clients de la victime.

— Peut-être allons-nous en apprendre davantage sur Ann Saint Clair?

Rose Fitchett frôlait la quarantaine. Elle portait un chemisier bleu ciel. Son pantalon et sa veste en tergal bleu foncé étaient très élégants. Son bureau était en chêne. De vieux meubles de style victorien décoraient la pièce.

— Bonjour Arthur, bonjour Robin, alors que se passe t-il?

— Bonjour Madame la Procureure!

— Nous revenons de la galerie Saint Clair. La propriétaire est décédée, rétorqua Arthur.

— Qu'en pensez-vous, que dit la médecin-légiste? Est-ce un meurtre ou un suicide?

— Pour l'instant Madame Dampling a découvert que la victime avait pris des tranquillisants. Mais en examinant le corps de plus près, elle a vu que le meurtrier lui aurait injecté un produit toxique dans le dos. Ce serait donc un meurtre maquillé en suicide. La scène de crime ressemblait étrangement à une mise en scène! D'après les dires du mari, de la fille et du père de la victime, Ann Saint Clair était une personne joyeuse. Sa galerie était florissante. Elle avait suivi une cure de désintoxication, ayant été alcoolique. Mais depuis deux ans tout allait bien et sa personnalité ne reflétait nullement un tempérament suicidaire. Hélas à l'endroit du crime, on a retrouvé une bouteille de champagne ce qui porterait à croire qu'Ann aurait replongé dans l'alcool, mais la famille n'était pas au courant. Brett le mari d'Ann nous a donné une liste de noms d'amis et de clients. Nous allons mener l'enquête comme d'habitude, Madame la Procureure. Mais nous aurions besoin d'une autorisation de perquisitionner. Nous vous tiendrons au courant dès qu'il y aura du nouveau !

— La voici, attendez je vous la signe. Au revoir et bonne chance, je compte sur vous!

— Au revoir Madame la Procureure. Merci.

Les enquêteurs se dirigèrent vers leur voiture.

— Robin, cela te dirait d'aller manger un morceau, il est midi et demi, et je commence à avoir faim. !

— Oh, bonne idée, où allons-nous ?

— À la *Fontanella*, à 500 mètres d'ici. C'est un restaurant italien. D'après la nouvelle réglementation interne, nous avons droit à deux déjeuners ou dîners par mois, en cas de prolongation d'enquête ou prestation d'heures supplémentaires. Et il me semble que l'on en fera! Cette affaire n'est pas simple!

— Hum, je commence également à avoir faim Arthur !

A peine avaient-ils pris place que le portable d'Arthur Smith résonna. Le serveur leur remit la carte de menus.

— Ah Béatrice bonjour. Tu as déjeuné? Tu avais déjà de la fièvre hier, je comprends que tu sois rentrée et que tu sois allée voir le médecin. Tes patients n'aimeraient pas être infectés. Ah, il t'a mis au repos pour 5 jours c'est très bien. Reste au chaud, ne sors pas, je te ramènerai quelque chose à dîner. J'essaierai d'être là pour 19 heures. Dis à Abbi de t'aider, elle pourra aller à la pharmacie pour récupérer tes médicaments dès qu'elle rentrera de l'école. Oh, nous deux, on est à la *Fontanella*. On est sur une affaire en ce moment, repose-toi ma chérie, à ce soir.

— Béatrice est malade, cela fait deux jours qu'elle a de la fièvre. Après le restaurant je passerai en vitesse chez *BUTCHER*.

— Oh, désolé Arthur, j'espère qu'elle se remettra vite, répondit Robin.

— Le médecin lui a prescrit des antibiotiques; dans deux ou trois jours elle ira mieux.

— Bon, alors moi je vais manger des orecchiette aux champignons avec saucisse, fit Arthur.

— Je prendrai des tagliatelles au saumon, répondit Robin!

— Que penses-tu de cette drôle d'histoire Robin, j'aimerais avoir ton avis!?

— Arthur, je pense exactement comme toi, je suppose que la famille ne nous a pas tout dit. Il est certain que nous devrons nous armer de patience pour découvrir qui a assassiné Ann. Soudain le portable de Robin sonna.

— Ah, Mandy comment vas-tu depuis hier? Non, je ne sais pas à quelle heure nous allons terminer, car Arthur et moi sommes sur une nouvelle affaire. Je t'appellerai dès mon retour, d'accord ? Oui, moi aussi je t'embrasse. A ce soir, chérie! Le serveur apporta leurs plats.

— Hum, c'est délicieux fit Robin.

— Je suis de ton avis, rétorqua Arthur. On n'entendit plus que le cliquetis de leurs couverts. Le restaurant marchait très bien. Presque toutes les tables étaient occupées. Les serveurs s'affairaient autour des clients comme des abeilles dans leur ruche!

— Oh, encore mon portable. Décidément il ne s'arrête pas de sonner.

— Ah, Charlotte ne me dis pas que tu as déjà des résultats!

— Non, pas encore Arthur, mais vous ne devinerez jamais ce que j'ai trouvé? L'assassin lui a injecté une forte dose d'insuline dans le dos. Nous avons déjà les premiers résultats de l'analyse sanguine. Elle ne devait pas se méfier et devait connaître son meurtrier. Ce qui est étrange, c'est qu'elle n'a pas touché au champagne, il n'y avait aucune trace d'alcool dans le sang. Nous avions donc vu juste, c'était une mise en scène! L'assassin lui a servi du jus d'orange ainsi que des tranquillisants. Nous avons déjà commencé l'examen de l'estomac de la victime, mais c'est l'injection qui lui a été fatale. La dose était beaucoup trop forte. Ann est morte d'un arrêt cardiaque, quel dommage, pauvre femme.

— Brhh, cela me fait froid dans le dos, s'exclama Arthur.

— Est-ce que Chiara et Alan ont déjà des résultats de la vidéo-surveillance?

— Non hélas, rien de concret pour le moment! Dès qu'on a quelque chose on vous appellera. Ce qui est embêtant, c'est que la vidéo ne couvre que l'entrée principale, fit Charlotte. Le meurtrier est certainement rentré par l'arrière. Il avait peut-être la clé?

— Charlotte, tu es un génie! Merci pour ton travail. Je vais appeler Madame la Procureure! A tout de suite!

— Dis donc Arthur, que de compliments, merci!

— Ah, j'oubliais, nous avons trouvé le portable de la victime. Je l'ai remis à Chiara et Alan pour qu'ils vérifient les appels téléphoniques.

— Très bien Charlotte. Vérifiez également les comptes bancaires d'Ann Saint Clair. Merci.

— D'accord, a tout de suite Arthur, je suppose que vous êtes en train de déjeuner? Bon appétit!

— Nous venons tout juste de terminer! A toute à l'heure, Charlotte!

— Arthur raccrocha et appela aussitôt Madame la Procureure Fitchett.

— Veuillez nous excuser pour le dérangement, Madame la Procureure, c'est Arthur Smith à l'appareil! La médecin-légiste vient de nous confirmer que la victime a été empoisonnée. On lui a injecté une forte dose d'insuline dans le dos. L'assassin, lui a d'abord servi un jus d'orange contenant des tranquillisants. Elle n'a pas touché au champagne, c'était bien un leurre. La famille avait un alibi pour le soir du meurtre.

— Vous êtes un fin limier Arthur! Je sais que je peux compter sur vous deux. Continuez à interroger les amis, la famille, les clients de la victime! Le mobile du crime est souvent très difficile à trouver, mais la plupart du temps, les criminels commettent des erreurs!

— Bien, c'est ce que nous allons faire Madame la Procureure! Nous exploitons toutes les pistes. Je vous rappellerai dès que l'enquête aura évolué. Au revoir Madame la Procureure!

— Bon, on retourne au bureau et on commence à convoquer les clients et amis d'Ann.

— D'accord allons-y, fit Robin. De retour au bureau, Arthur prit son téléphone et annonça exactement à Brett les conclusions de la médecin-légiste : l'insuline à trop fortes doses et surtout aucune trace d'alcool dans son sang. Sa voix était brisée. Arthur lui rappela que toute la famille devrait se présenter au commissariat à 17 heures.

— Bon, Arthur, on se partage les interrogatoires comme d'habitude ?

— D'accord !

— Tu veux un café Robin ? Je vais en chercher un pour moi.

— Oui, je veux bien, merci.

— Je vais appeler le pub pour vérifier l'alibi de Monsieur Rutherford, dit Arthur.

Le patron du bar confirma que Peter était bien au pub jusqu'à 23 heures.

Les enquêteurs appelèrent tout le beau monde de la liste de Brett et ils leur fixèrent un rendez-vous au commissariat. Ensuite, ils préparèrent les dépositions des Saint Clair. Soudain, on frappa à la porte du bureau! C'était Brett Saint Clair avec toute sa famille.

— Messieurs Dames, merci d'être venus, voici donc vos dépositions respectives. Veuillez les lire et les signer ensuite, rétorqua Arthur. Merci!

— Quand pourrais-je disposer du corps de mon épouse? demanda Brett.

— Notre médecin-légiste aura encore besoin de quelques jours pour terminer l'autopsie. Nous vous avertirons, répondit Arthur.

— Avez-vous déjà une piste, demanda Peter Rutherford?

— Non, désolé Monsieur, l'enquête débute seulement. Nous vous tiendrons au courant de son évolution.

— Ah, encore une question, nous serons amenés à vérifier les appels téléphoniques et les comptes bancaires de votre épouse Monsieur Saint Clair. Nous ne devons négliger aucune piste.

— Bon, si cela peut vous aider à trouver l'assassin de ma femme, je n'y vois pas d'objection. Mais quelle mise en scène macabre, c'est atroce. Est-ce tout, Messieurs?

— Oui, je vous demanderai à tous de ne pas quitter Londres. Nous serons amenés à nous revoir. A bientôt Messieurs Dames. Merci.

Arthur se dirigea vers le laboratoire pour voir si Alan et Chiara avaient terminé d'éplucher les comptes de la victime. Hélas, il devait patienter encore !

Dix minutes plus tard, on frappa de nouveau à la porte du bureau des inspecteurs.

Une femme qui devait frôler la cinquantaine, se trouvait en face d'eux. Elle portait un jean, un chemisier à petits carreaux bleus et blanc.s Une paire de lunettes rouges ornait un nez aquilin. Elle enleva un foulard qui dissimulait de beaux cheveux blonds.

— Bonjour Messieurs, je suis Ellen Trampling, l'amie d'Ann Saint Clair. Vous m'avez convoquée! J'ai pu me libérer pour une trentaine de minutes, car, quand j'ai entendu qu'Ann avait été assassinée mon sang n'a fait qu'un tour! J'étais avec un client.

— Bonjour Madame, veuillez prendre place. Nos sincères condoléances pour la perte de votre amie, fit Arthur. Je suis l'inspecteur en chef, Arthur Smith, voici mon collègue, l'inspecteur Robin Hard.

— Je suis encore sous le choc. Qui pouvait en vouloir à Ann? Je ne lui connaissais pas d'ennemis. Elle était appréciée à la galerie par ses connaissances et ses clients bien sûr. Vous m'avez dit qu'elle a été empoisonnée?

— Oui Madame, l'assassin lui a d'abord fait boire du jus d'orange avec des tranquillisants, ensuite, il lui a injecté une forte dose d'insuline dans le dos. Son coeur a lâché! Ou avez-vous connu la victime?

— Nous étions toutes les deux à l'Université des Arts à Londres. C'est là que nous nous sommes connues. Mon Dieu, cela doit faire plus de 30 ans. Ann avait un an de plus que moi. A la fin de nos études, nous avons débuté avec des vernissages dans les villes d'Angleterre. Ensuite, Ann a épousé Brett, mais nous sommes restées en contact. On se voyait une à deux fois par mois. Je ne suis pas mariée et j'avais donc plus de temps libre qu'Ann.

— Quand l'avez-vous vue pour la dernière fois, Madame Trampling ?

— La semaine dernière, nous avons déjeuné ensemble.

— Vous semblait-elle soucieuse ? Vous a t-elle parlé de quelque chose qui la tracassait?

— Oh, elle se faisait du souci pour sa fille Mary car celle-ci ne voulait plus travailler à la galerie. Mary voulait reprendre ses études d'architecture. Je pense que c'est le vœu de chaque mère que de savoir ses enfants heureux. Ann n'était pas du genre «mère poule». Elle disait toujours que chaque être doit être libre comme l'air! A part cela elle ne m'a rien dit de plus.

— Est-ce que le tableau de Walter Langley «*Between the Tides*» comptait beaucoup pour votre amie?

— Oui bien sûr, mais pourquoi me posez-vous cette question? Qu'est-ce que le tableau a à voir avec le meurtre d'Ann ?

— Nous avons retrouvé une bouteille de champagne, posée en dessous de ce tableau. C'est étrange. De plus, notre médecin-légiste Madame Charlotte Dampling, a confirmé qu'elle n'avait pas d'alcool dans le sang. Une macabre mise en scène. Madame, croyez-vous qu'Ann ait été assassinée à cause, ou pour ce tableau?

— Je l'ignore. Je ne pense pas qu'Ann voulait le vendre, car c'était un cadeau de son grand-père! Le pêcheur que l'on voit sur ce tableau c'était lui et une des femmes sur le quai était sa grand-mère. Elle y tenait beaucoup. Elle l'avait fait estimer. Comme elle possédait l'original, son acheteur lui aurait payé la modeste somme de 45.000 livres. C'était moi qui l'avait mise en relation avec lui! Une bonne copie vaut déjà 450 livres.

— Qui lui avait fait une telle offre d'achat, Madame Trampling?

— C'était Monsieur Christoph Larmont du *Musée de l'Art Victorien.*

— Mais comme je vous le dis, elle a refusé l'offre.

— Pourquoi l'a t-elle fait estimer sans vouloir le vendre ? Enfin je ne m'y connais pas trop en œuvres d'art, je l'avoue. C'est étrange. Est-ce qu'elle avait des dettes?

— Je l'ignore Monsieur l'inspecteur en chef! Je pense néanmoins qu'elle a réussi par ses propres moyens à réunir une telle somme d'argent. Je connaissais bien Ann, elle n'était pas une «casse-cou» quand il s'agissait de gérer son argent. Elle avait peut-être un autre acheteur, qui lui en offrait plus, je ne lui ai pas demandé.

— Pouvez-vous nous dire quelle profession vous exercez, Madame Trampling?

— Je travaille pour une société qui expertise des tableaux pour des musées, des sociétés ou des clients privés. Il m'arrive également de travailler pour Sotheby's! Je suis en outre sollicitée comme chargée de mise en relation avec des clients potentiels. Je travaille souvent en «free-lance».

— Ou étiez-vous hier soir Madame Trampling?

— Oh, en plus vous me soupçonnez d'être la meurtrière de mon amie ? C'est grotesque vous ne trouvez pas? Je n'avais aucun motif. Notre amitié valait bien plus qu'un stupide tableau! J'ai dîné avec une connaissance hier soir, voici son numéro de téléphone, vous pouvez vérifier, ensuite je suis rentrée me coucher. Il devait être 23 h 30. Elle s'appelle Véronica Amondsen. C'était une cliente, et elle m'avait invitée à dîner!

— Merci pour ces informations, Madame!

— Je vous demanderai de patienter un moment, le temps que je rédige votre rapport d'audition. Je suis obligé de prendre vos empreintes, Madame.

Après le départ d'Ellen, Arthur vérifia son alibi. Elle avait bien dit la vérité. Il était en train de ranger le rapport quand on frappa à la porte du bureau.

— Bonjour Messieurs, nous sommes M. et Mme. Mahmoud. Nous sommes venus aussi vite que possible, Newcastle n'est pas la porte à côté vous savez!

— Mais c'est bien d'un meurtre dont il s'agit ? Vous nous avez dit qu'Ann avait été empoisonnée!

— Bonjour Messieurs Dames, je suis l'inspecteur Robin Hard, et voici mon supérieur, Monsieur Arthur Smith. C'est moi qui vous ai appelé pour recueillir votre témoignage au sujet de la victime, Ann Saint Clair. Merci d'être venus aussi rapidement. En effet, Ann Saint Clair devait connaître l'auteur du crime! Celui-ci lui a servi du jus d'orange avec des barbituriques. Ensuite il lui a fait une injection d'insuline qui lui a été fatale !

— En quoi pouvons-nous vous être utile Messieurs? demanda Fatima.

— Quelle était votre relation avec Ann Saint Clair? rétorqua Robin.

— Nous avons connu Ann à un vernissage, il y a plus de quinze ans, dans une galerie d'art dans le Sussex tenue à l'époque par ses parents, M. et Mme. Rutherford, répondit Madame Mahmoud. Sa mère est morte quelque temps après, elle avait une maladie incurable. Ann Saint

Clair exposait ses œuvres avec Madame Ellen Trampling, son amie. Son style nous a plu et nous lui avons acheté quelques tableaux. Par la suite, Ann a repris la galerie Saint Clair à Londres. Au début son père la guidait dans ses choix, mais elle avait «l'instinct», tout comme lui. Elle nous envoyait régulièrement des invitations quand il y avait des vernissages de nouveaux artistes. Ses expositions d' oeuvres d'art sont d'un haut niveau. Elle avait le sens de l'esthétique. Comme nous gérons une société d'investissement qui fonctionne très bien, nous pouvions nous permettre ce genre de «plaisir» de temps à autre, dit-elle en souriant.

— Quand l'avez-vous vue pour la dernière fois?

— Laissez-moi réfléchir, cela doit faire à peu près trois semaines, fit Fatima.

— Vous semblait-elle soucieuse ou changée? Avez-vous remarqué quelque chose d'inhabituel ce jour-là?

— Quand nous sommes arrivés, mon mari et moi, elle était en pleine conversation avec son amie Ellen. L'échange verbal semblait très animé. Son mari était également présent. Hélas, je ne peux pas vous en dire plus. Je suis restée discrète. Par la suite, elle est venue vers nous, elle semblait plus calme. Elle nous a fait découvrir ses nouvelles acquisitions, nous avons bu un verre de jus d'orange ensemble. Ellen Trampling avait disparu entre- temps.

— Est-ce que vous confirmez les dires de votre épouse, Monsieur Mahmoud?

— Oui, c'est exactement cela. J'avais pourtant remarqué que quelque chose tracassait Ann, elle n'était pas comme d'habitude. Nous la connaissions depuis longtemps, mais elle ne nous a rien dit. Ann, Ellen et Brett avaient eu une discussion assez vive, hélas nous n'avons rien entendu. Nous voulions l'inviter à déjeuner le jour suivant, mais elle a prétexté un contre-temps: un rendez-vous avec un directeur de musée. Dommage, car, comme nous n'étions que de passage, nous n'avons pas pu renouveler notre invitation et d'ailleurs nous ne pourrons plus jamais le faire! C'était une femme authentique et empathique. Le succès ne lui était pas monté à la tête. Nous la regretterons!

— Merci pour votre témoignage. Nous sommes obligés de prendre vos empreintes, ceci pour vous éliminer de la liste des suspects. Je suppose que vous n'étiez pas à Londres, samedi? Je vous demanderai de patienter quelques instants le temps de rédiger le rapport.

— Non, nous n'y étions pas, rétorqua Monsieur Mahmoud. Nous ne sommes rentrés que vers minuit. Nous étions avec des amis au restaurant *Chez Linda* à Newcastle. Je vous indique leur numéro de téléphone.

— S'il vous venait en mémoire un détail, aussi insignifiant soit-il, voici ma carte de visite, n'hésitez pas à m'appeler. Voulez-vous un café en attendant?

— Oh, avec plaisir, s'exclamèrent les Mahmoud. Un quart d'heure plus tard, ils étaient sortis du bureau.

— Alors qu'en penses-tu Arthur?

— Ces deux là, n'ont à coup sûr pas souhaité sa mort, je pense qu'ils avaient de l'affection pour Ann. Ce qu'ils ont observé, c'était la discussion entre Ellen et Ann au sujet du tableau de *Walter Langley*. Ou était-ce autre chose pour que le mari s'en mêle? Je crois que l'on ne nous a pas dit toute la vérité, répondit Arthur. Je vais néanmoins vérifier leur alibi !

— Et si Ann avait des dettes, elle devait absolument vendre ce tableau qui lui rapportait tout de même la modeste somme de 45.000 livres, non? rétorqua Robin. C'est étrange cette histoire de tableau!

— Quelque chose n'est pas clair, répondit Arthur. Où a - t-elle trouvé subitement l'argent liquide ou un acheteur potentiel? Elle a refusé l'offre de Larmont, c'est bizarre.

— On fera un tour demain matin chez ce Christoph Larmont pour qu'il nous confirme bien les dires d'Ellen Trampling.

— J'ai appelé Joshua Clarck, le gardien, il va venir signer sa déposition dans quelques minutes, fit Robin.

— Très bien, je vais rentrer, je dois m'occuper du dîner de Béatrice et d'Abbi.

— On se voit demain. Après la signature de Clarck, tu rentreras également, d'accord Robin?

— Oui Arthur, car Mandy m'attends. Big Ben sonna 19 coups. Arthur se précipita chez *Butcher* qui était encore ouvert et acheta de quoi rassasier sa famille pour quelques jours. Ensuite, il prit la direction de son domicile.

— Oh papa ! s'écria, Abbigail, comme je suis contente que tu sois là, mais ne t'inquiète pas tout est sous contrôle. Maman dort, elle a pris ses médicaments, le médecin l'a mise en arrêt toute la semaine. J'ai fait des pâtes, et toi tu nous ramènes quoi, hum j'ai faim!

— Ma chérie, j'ai acheté du poulet rôti. Après le dîner, je vais cuisiner un bouillon de jarret de veau pour demain. Cela fera du bien à maman et à nous tous.

— Papa je me fait du souci pour maman.

— Ne t'inquiète pas, tu sais que maman est robuste. Je vais aller la voir.

— J'ai mis la table papa.

— Que ferais-je sans toi ma chérie! Tu es la prunelle de mes yeux.

— Papa, maman fait beaucoup pour nous. Alors nous l'aidons à notre tour, d'accord?

— Très bien, mon ange.

— Comment s'est passée ta journée d'école?

— Oh, nous avions musique et solfège la première heure et nous avons étudié la biographie de Whitney Houston ainsi que quelques unes de ses chansons. C'était intéressant et triste, car à côté de ses succès elle a eu beaucoup d'affreuses déceptions. Après nous avons eu une interrogation en maths, je pense que j'aurai la moyenne. En français, nous avons présenté notre exposé sur Paris et cela s'est très bien déroulé.

— Super ma fille, je suis fier de toi! Arthur rentra dans la chambre à coucher.

— Oh Arthur, tu es rentré. Je suis désolée, je vous cause du travail à tous les deux.

— Mais nous sommes une famille et on doit s'entraider, Béatrice. Ne t'inquiète pas.

— Tu peux te lever le temps de manger un morceau?

— Je n'ai pas très faim, mais bon, je viens. J'espère que je ne vais pas vous infecter avec mes bactéries. Comment avance ton enquête chéri ?

— Oh doucement, on est en plein interrogatoire. On patauge un peu!

— Ne t'occupe pas de moi, je suis en arrêt jusqu'à la fin de la semaine.

— J'ai fait quelques courses, et en fin de semaine je ferai le restant.

Après le dîner les Smith regardèrent les informations sur la BBC, puis un film policier où l'enquêtrice était *Vera Stanhope*.

— Papa, je vais me coucher maintenant, je suis fatiguée, fit Abbigail.

— Nous aussi ma chérie, le jarret de veau est cuit, il ne restera plus qu'à le réchauffer demain.

— En rentrant de l'école, je ferai une machine à laver. Maman m'a montré à plusieurs reprises comment faire.

— Merci ma chérie, firent les Smith. Robin, de son côté, attendit Joshua Clarck, le gardien de la galerie.

— Bonsoir Monsieur Clarck, je dois prendre vos empreintes, un moment s'il-vous-plaît, Merci.

— Donc, c'est bien vous qui avez découvert le corps d'Ann Saint Clair en premier.

— Oui, je ne comprends toujours pas qui pouvait lui en vouloir à ce point! C'est très étonnant, tout le monde l'aimait beaucoup.

— Je l'ai trouvée ce matin vers 7 heures, c'est l'heure à laquelle je commence mon service. La présence d'une bouteille de champagne, c'est incompréhensible, car Madame était guérie de son addiction. Je ne comprends pas.

— Madame n'avait rien bu, la médecin-légiste nous l'a confirmé, répondit Robin.

— Est-ce que Madame Saint Clair s'était disputée avec un membre de sa famille la veille ? Réfléchissez.

— Non pas la veille, mais j'ai entendu des éclats de voix entre elle et son mari il y a trois semaines de cela à la galerie. Madame Trampling était également présente!

— Je ne peux pas vous en dire plus. Elle s'est également disputée avec sa fille trois jours auparavant, mais je n'ai pas suivi leur échange, veuillez m'excuser! Le ton est monté, mais ces deux là s'adoraient, cela ne durait jamais très longtemps.

— Donc finalement la famille n'était pas aussi unie qu'elle semblait l'être?

— Vous savez, des disputes, cela arrive dans chaque famille! Mais ce n'est pas pour cela que l'on tue quelqu'un.

— Voilà, si vous voulez bien signer votre déposition, ensuite vous pourrez rentrer chez vous.

— Merci Monsieur Clarck, s'il vous revenait en mémoire un détail, aussi insignifiant soit-il, voici ma carte, appelez-moi. Merci.

— Très bien, je vais y réfléchir, mais je ne vois pas pour le moment.

— Au revoir inspecteur.

— Au revoir Monsieur Clarck.

Robin enfila son manteau et rentra. Il se sentait oppressé, car, tout comme Arthur, il avait la certitude que la famille et Madame Trampling, n'avaient pas dit toute la vérité. Il s'arrêta en route et acheta un bouquet de fleurs ainsi que deux pizzas, puis il se rendit chez son amie Mandy Murray. Ils passèrent leur soirée ensemble, en jeunes amoureux.

Le lendemain, à huit heures, les enquêteurs arrivèrent au commissariat. A peine étaient-t-ils installés que la porte du bureau s'ouvrit. Hortense et Dorian De Saint Briac entrèrent.

— Bonjour Messieurs Dames, voici mon collègue Robin Hard, inspecteur, je suis l'inspecteur en chef, Arthur Smith. Veuillez prendre place!

— Nous sommes désolés de ce qui est arrivé à Ann, répondit Hortense avec un accent français bien prononcé.

— Comment pouvons-nous vous aider? fit Dorian.

— Depuis quand connaissiez-vous Ann Saint Clair, et quand l'avez-vous vue pour la dernière fois?

— Mon mari et moi l'avions rencontrée par hasard à Avignon. Nous étions en vacances. Elle avait organisé un vernissage avec son amie Ellen Trampling dans un hall sportif. Oh, cela doit bien remonter à vingt ans. Nous aimions beaucoup son style. Nous avions sympathisé. Elle voyageait beaucoup à l'époque; bien sûr, elle a fait des vernissages un peu partout en France. Nous étions très contents pour elle le jour où elle nous a annoncé qu'elle allait reprendre la galerie d'art de son père. Nous habitons Paris, mon mari et moi. Nous travaillons dans le même institut financier, la banque *BLACKSCHILD* à Paris. Nous faisons au moins une fois par semaine le trajet Paris-Londres. C'est vraiment une coïncidence que nous soyons à Londres aujourd'hui. Dorian s'occupe de la filiale de Londres et moi je suis responsable de celle de Paris. Nous sommes chargés de la clientèle privée. Et pour répondre à votre question, nous avons revu Ann deux jours avant sa disparition. Nous avions déjeuné avec elle. Nous lui avions acheté un petit tableau de Kandinsky pour 15.000 livres. Elle nous avait apporté celui-ci et nous lui avons remis le chèque. Nous ne pouvons pas y croire! Elle était tellement simple, et authentique; elle avait beaucoup d'empathie pour ses semblables. Qui a pu lui en vouloir à ce point?

— Vous a- t-elle semblé nerveuse ou irritée, est-ce que quelque chose la tracassait?

— Oui Ann avait changé, rétorqua Dorian. Elle avait maigri et semblait irritée et fatiguée. Quand nous lui avons demandé si quelque chose la tracassait et si nous pouvions l'aider, elle nous a répondu qu'elle s'était disputée avec son mari plusieurs fois et que son ménage battait de l'aile! De plus, sa fille comptait reprendre ses études d'architecture, elle se sentait seule! A part son père, elle n'avait personne à qui se confier. Mais le pauvre homme n'avait pas les mêmes idées qu'elle, nous avait-t-elle dit. De ce fait, elle lui cachait certaines choses pour ne pas détériorer leur relation. Monsieur Rutherford commence à prendre de l'âge, vous savez. Je n'avais pas le courage de lui demander si elle comptait divorcer, ou si elle fréquentait quelqu'un d'autre Monsieur l'inspecteur, désolé. Je ne voulais pas être indiscret!

— Vous confirmez les dires de votre époux Madame De Saint Briac?

— Oui, c'est exact!

— Merci pour ces informations. Nous allons encore prendre vos empreintes.

— Mais pourquoi cela ? rétorqua Hortense, l'air offusqué. Nous n'avons rien à voir avec le meurtre d'Ann! Nous n'étions pas à la galerie samedi!

— Madame, soyez rassurée, nous faisons cela pour les besoins de l'enquête et pour vous éliminer de la liste des suspects. Ceci n'a rien de personnel. Nous devons comparer les empreintes que nous avons trouvé sur le lieu du crime avec celles de sa famille et de ses connaissances.

— Très bien, Monsieur l'inspecteur, allez-y!

— Si vous voulez patienter un moment, je vais préparer votre déposition.

— Puis-je vous servir un café, proposa Robin?

— Bien volontiers, répondirent les De Saint Briac.

Après leur départ, Arthur rangea le dossier et but son café.

Quelques minutes plus tard, quelqu'un frappa à la porte du bureau.

— Bonjour, je suis Maria dos Santos. Vous m'avez convoquée, fit une femme d'une quarantaine d'années, avec un accent portugais bien prononcé. Elle semblait agitée.

— Bonjour Madame, voici mon collègue Robin Hard, inspecteur, je suis l'inspecteur en chef, Arthur Smith. Prenez place s'il-vous-plaît!

— Mais pourquoi est-ce que vous m'interrogez ? Je n'ai rien à voir avec le meurtre de Madame Saint Clair !

— Ce sont des questions de routine, Madame, nous y sommes obligés pour faire progresser l'enquête.

— Depuis combien de temps travaillez vous au service de Madame Saint Clair ?

— Cela fait cinq ans. Madame était tellement gentille, Monsieur également. Ils avaient du respect pour les personnes; pour moi c'est important. Je ne comprends pas qui pouvait en vouloir à Madame pour la supprimer. Une larme coula le long de son visage hâlé.

— Avez-vous remarqué quelque chose, un détail qui pourrait faire avancer l'enquête?

— Je ne sais pas si cela est important Monsieur l'inspecteur, mais deux jours avant sa mort, donc samedi matin, quand j'étais en train de nettoyer quelques tableaux, j'ai entendu la fin d'une conversation téléphonique. Madame était dans son bureau à la galerie, la porte était entre-ouverte. Elle ne m'avait pas vu et j'ai entendu qu'elle disait: «Il ne voudra jamais divorcer, tu sais je n'en peux plus, avec son caractère instable, cette situation est intenable pour moi. Nous nous sommes encore disputés, j'ai l'intention de le quitter.» Ensuite avant de raccrocher, elle a dit:
«Moi aussi je t'aime. A bientôt ! »

— Donc, vous pensez que Madame avait un amant?

— Vous savez Monsieur l'inspecteur, je ne l'ai jamais vue avec quelqu'un à la galerie, mais d'après ce coup de fil, il semblerait que oui. Je déteste espionner mes patrons. C'est leur vie privée mais Madame parlait très fort. Je me suis vite éloignée, je n'avais pas envie de perdre mon emploi pour indiscrétion.

— Merci Madame Dos Santos pour ces renseignements très utiles, nous allons prendre vos empreintes et vous pourrez repartir.

Maria s'éloigna et reprit son chemin en direction de la galerie

— Super fit Robin, nous avons enfin une piste, un mari jaloux!

— Oh, Robin, j'ai ma petite idée depuis un moment! Je pense qu'il y a deux suspects pour le moment !

— Mais comment, que me caches-tu Arthur? Je suis curieux!

—Je n'ai pas encore de preuves, mais nous devrions aller voir ce Larmont, le propriétaire du musée victorien. Il détient une partie de l'énigme, je crois.

— D'accord, répondit Robin. Nous avons tout notre temps, j'ai convoqué Henry Mac Allister cet après-midi à 16 heures.

— Bien Robin, cela devrait être le dernier témoin, je pense. Avant de partir, je vais voir la scientifique pour qu'ils me donnent la liste téléphonique d'Ann Saint Clair. De plus, je suis curieux de savoir s'ils ont découvert quelque chose sur les empreintes digitales et sur les comptes bancaires de la victime.

Dix minutes plus tard Arthur revint, un sourire aux lèvres.

— C'est étrange, la victime a téléphoné à Henry Mac Allister samedi matin ainsi qu'à Ellen Trampling. Le compte bancaire d'Ann Saint Clair fait état d'un virement de 45.000 livres provenant d'Ellen Trampling, mais son compte a enregistré un retrait de 100.000 livres, donc elle a un sacré découvert ! Je ne comprends plus rien. Madame Trampling ne nous a pas tout dit et il en est de même pour la famille Saint Clair! Pour les empreintes, la scientifique n'a identifié que celles de la famille, ce qui est normal. Mais celles de Mac Allister manquent encore. J'ai chargé Chiara et Alan de se renseigner un peu plus sur Peter Rutherford et Brett Saint Clair. Il manque un bout du puzzle. Nous passons chez Larmont, ensuite nous éclaircirons tout cela.

— Qui est donc le meurtrier Arthur? demanda Robin

— Je ne sais pas trop, mais cette histoire où tout le monde nous ment, me pèse, rétorqua Arthur. Après Larmont nous allons passer chez Ellen Trampling. A vrai dire, je ne sais plus quoi penser!

Un quart d'heure plus tard les enquêteurs arrivèrent devant un beau bâtiment de la période d'art nouveau.

— Bonjour Monsieur Larmont, voici mon collègue Robin Hard et moi-même, Arthur Smith de Scotland Yard.

— Bonjour Messieurs, en quoi puis-je vous être utile? Vous m'avez parlé d'un meurtre non élucidé!

— Pouvons-nous nous entretenir ailleurs?

— Oui bien sûr, veuillez me suivre dans mon bureau.

— Nous sommes venus vous trouver, car une personne que vous connaissez bien a été assassinée, fit Arthur. Il s'agit de Madame Ann Saint Clair, la propriétaire de la galerie d'art. Pouvez-vous nous dire pourquoi elle est venue vous trouver? Son amie, Ellen Trampling, nous a informé qu'elle était passée chez vous.

— Ann Saint Clair était une femme élégante et sympathique. Apparemment, d'après ses dires, elle avait des soucis d'argent. Elle ne m'a rien dit de plus. Elle avait l'intention de vendre un des ses tableaux, *Between the tides de Walter Langley*. Je lui ai proposé 45.000 livres. Elle a dit qu'elle allait réfléchir. Son amie Ellen Trampling l'avait accompagnée. Les deux femmes semblaient très bien s'entendre. Je connais Ellen Trampling depuis cinq ans, c'est une femme sérieuse, mais très mystérieuse et distante!

— Comment cela, mystérieuse et distante? interrogea Hard.

— Personne ne connaît vraiment sa vie privée. Elle n'est pas mariée. Elle ne laisse aucun homme l'approcher. Les gens se posent beaucoup de questions à son sujet. On raconte qu'elle est de «l'autre bord», vous comprenez?

— Mais Monsieur Larmont, nous ne sommes pas ici pour entendre des commérages sur la vie privée d'Ellen Trampling! Cela ne regarde qu'elle. De plus, quel rapport avec son amie d'enfance décédée?

— Mais ce ne sont pas des commérages, c'est la vérité, je pense que vous devriez approfondir votre enquête sur l'amitié qu'elle portait à son amie, Ann Saint Clair!

— Ce que vous nous dites peut se retourner contre vous, si jamais ce n'est pas exact, rétorqua Robin. Vous pourriez être accusé de diffamation.

— Mais c'est exact, insista Larmont, visiblement en colère. Dommage, c'est une très belle femme, Ellen! Elle me plaît beaucoup. Mais impossible de m'approcher d'elle.

— Donc, si nous avons bien saisi, fit Smith, vous lui aviez fait des avances qu'elle a refusées, c'est bien cela?

— Oui c'est exact. Je l'ai vu embrasser son amie quand elles se trouvaient dans la voiture qui était garée en bas de l'immeuble. Elles ne m'ont pas vu. Je regardai juste par la fenêtre au même moment.

— Nous vous remercions Monsieur Larmont, s'il vous revenait en mémoire un détail même insignifiant n'hésitez pas à nous avertir. Voici ma carte de visite, répondit Arthur.

— D'accord, au revoir Messieurs.

— Dis-donc, fit Robin, tu as un bon flair! Les deux enquêteurs se rendirent à la voiture.

— Oui Robin, Larmont est peut-être bavard et frustré, mais il nous a livré sur un plateau d'argent un motif de taille pour l'assassinat d'Ann! Il n'a pas l'air d'un meurtrier.; je le vois mal tuer Ann parce qu'il aime Ellen. Et comment serait-il entré ? Il n'avait pas la clé. A nous de creuser! Allons voir Ellen Trampling!

— Bonjour Messieurs, alors l'enquête avance? demanda Ellen.

— Pourquoi n'avoir pas tout dit, Madame Trampling, s'écria Smith? Nous pourrions vous accuser de dissimulation de preuves et d'entrave à une enquête en cours ! Vous risquez quelques années de prison pour ce délit! Pourquoi avez-vous viré la somme de 45.000 livres à votre amie, Ann Saint Clair? Etait – elle votre maîtresse? Nous avons un témoin qui a surpris, sans le vouloir, une conversation téléphonique entre Ann et vous! Un autre témoin vous a vues ensemble et vous étiez en train de vous embrasser.

— Ah ce Larmont, il me casse les pieds celui-là ! Bon passons. Ann avait besoin de cet argent, pour éponger les dettes de son père. Oui nous étions liées, elle voulait quitter son mari. Je ne voulais pas le crier sur tous les toits. Et alors? Elle en avait assez du caractère lunatique de Brett.   Il est bipolaire, et souvent quand il oubliait de prendre ses médicaments, il était odieux avec Ann. Il était coléreux et ingérable.

— Madame, soyez assurée que nous ne vous jugeons pas, nous enquêtons sur un meurtre, c'est tout! Votre vie privée ne regarde que vous. Mais de quelles dettes s'agissait-il? rétorqua Arthur, l'air surpris.

— Le père d'Ann avait joué à la bourse et il avait perdu 100.000 livres. Ann risquait de devoir vendre la galerie ou de vendre une partie de ses tableaux à bon marché pour éponger ses dettes. Elle m'a fait beaucoup de peine quand elle a voulu vendre son *Walter Langley*. Elle y tenait tant. Comme j'avais fait quelques bénéfices sur des ventes, je lui ai viré cette somme. C'était après que nous étions allées voir Larmont. Quand nous sommes sorties, j'ai vu qu'elle pleurait car elle aimait ce tableau. Je lui ai proposé de lui virer 45.000 Euros et qu'elle le garde à la galerie. Il ne restait plus que 55.000 livres à rembourser. Vous savez, j'aimais Ann, je suis sûre qu'elle aurait quitté son mari. Je n'avais pas de motif pour l'assassiner. Et même pas si elle n'avait pas voulu le quitter, je ne lui aurais pas fait de mal. Une larme coulait doucement sur sa joue.

— J'espère que cette fois ci vous nous avez dit toute la vérité, fit Arthur! Si vous nous aviez parlé plus tôt, l'enquête aurait progressé plus vite et dans le bon sens.

— Oui, Monsieur l'inspecteur, je m'excuse, vous avez raison. Mais comme je vous l'ai dit, je ne voulais pas ébruiter notre relation. Je n'ai plus rien à rajouter.

— Auriez-vous l'amabilité de passer à notre bureau cet après-midi vers 17 heures pour signer votre nouvelle déposition, Madame Trampling? demanda Arthur.

— Bien sûr, à tout à l'heure, Messieurs.

— Soudain, le portable d'Arthur sonna.

— Ah, c'est toi Chiara, alors qu'ont donné vos recherches?

— Brett Saint Clair, n'a pas de problèmes d'argent. Par contre, des soucis de santé. Nous avons vérifié son profil à la *social security,* et nous avons pu constater que ce Monsieur souffrait de troubles bipolaires. Charlotte a vérifié les médicaments qu'il prenait. Il pouvait devenir violent et incontrôlable s'il ne les prenait pas.

— Et pour le père, qu'avez-vous découvert?

— Tu ne devineras jamais, le père d'Ann Saint Clair était infirmier dans sa jeunesse. Il a fait également de la prison dans les années soixante pour trafic de drogues. Ce n'est que grâce à la fortune de sa femme qu'il est retombé sur ses pieds et à pu acheter une galerie d'art d'abord dans le Sussex, ensuite celle à Londres.

— Merci Chiara, Madame Trampling avait donc raison sur l'état de santé du mari de la victime. Et le père qui a dilapidé la fortune de la famille, mais vraiment, c'est dingue cette histoire! Et si Ann s'était disputée avec son père à cause des 100.000 livres? Bon, retournons à la galerie.

— Oh, encore vous, fit Brett légèrement irrité!

Mary était également présente. Elle était très pâle.

— Nous aimerions d'abord parler à votre beau-père, ensuite à vous. Ne vous éloignez surtout pas, fit Arthur, en s'adressant à Brett Saint Clair.

— Un instant, je vais le chercher!

— Bonjour Monsieur Rutherford.

— Mais pourquoi vous m'interrogez une seconde fois ? Je vous ai tout dit, fit le vieil homme, énervé.

— Oh que non ! répondit Arthur. Dans votre jeunesse vous étiez infirmier, et vous avez fait de la prison pour trafic de drogues. Ensuite, vous avez failli ruiner votre fille et sa galerie à cause de vos spéculations risquées. Vous aviez un motif de taille pour supprimer votre fille, pour qu'elle n'en sache rien!

— J'ai peut-être fait des conneries dans ma vie, mais je n'aurais certainement pas assassiné ma propre fille pour 100.000 livres, vous vous rendez compte de ce que vous insinuez?!!!

— Je n'insinue rien du tout, je constate que vous saviez manipuler des seringues, ce qui ne prouve rien, mais vous n'étiez pas honnête envers votre fille. C'est un motif non ?! Et il est de taille. Comme vous ne vouliez plus retourner en prison, cette idée de supprimer votre fille vous est venue subitement, cela se tient, commenta Arthur. Nous allons vous emmener au commissariat pour continuer l'interrogatoire. Vous pouvez appeler votre avocat, si vous n'en avez pas, il vous en sera commis un d'office. Vous pouvez garder le silence, tout ce que vous direz pourra être retenu contre vous, rétorqua Arthur. De plus Ann était au courant de ce que vous avez fait. C'est étrange qu'elle ne vous en ait pas parlé !?

— Non elle ne m'avait rient dit, fit Rutherford d'un ton sec. Je vais appeler mon avocat, maître Robinson.

— Faites, dit Robin. Toute cette histoire n'est pas claire, vous pouvez prétendre ce que vous voulez, Ann n'est plus de ce monde pour se défendre, et tant que nous ne saurons pas toute la vérité vous resterez en garde à vue.

— Quant à vous, Monsieur Saint Clair, nous aurions encore quelques questions à vous poser au sujet de votre épouse? Pourquoi nous avoir caché que votre ménage battait de l'aile et que votre femme avait une amante, en l'occurrence, son amie Madame Ellen Trampling? Votre femme voulait divorcer! Vous aviez également un mobile de taille pour souhaiter sa disparition. Et puis, durant notre enquête, nous avons découvert que vous souffrez de bipolarité, et que, souvent vous ne vous contrôlez plus car vous oubliez de prendre vos médicaments.

— Mais vous m'auriez soupçonné tout de suite! C'est pour cela que je n'ai rien dit.

— C'était une erreur de votre part, car maintenant, tous les soupçons pèsent sur vous, Monsieur Saint Clair. Nous pourrions vous accuser d'obstruction à une enquête en cours! Cela va chercher dans les trois à cinq ans d'emprisonnement, sans compter l'amende qui est très salée! Mais dans cette famille tout le monde nous ment depuis le début de l'enquête. Saviez-vous que votre beau-père avait perdu en bourse, et que votre épouse avait fait de son mieux pour rembourser une partie de l'argent? fit Robin.

— Je vous jure sur la tête de ma fille Mary, que je n'ai pas assassiné ma femme. Une larme coulait le long de sa joue. Et non, la comptabilité c'était Ann qui la faisait, je n'en savais rien. Ann ne m'aimait plus, mais moi je l'aimais encore, jamais je n'aurais touché un seul de ses cheveux, Monsieur l'inspecteur en chef! Je la comprenais, car oui en effet avec cette sale maladie, certains jours je ne pouvais plus me contrôler. Ma femme aimait depuis longtemps Ellen, je ne pouvais plus lutter contre cela. Les sentiments ne se commandent pas, mais je ne l'ai pas tuée !

— Monsieur Saint Clair, à partir de cet instant vous êtes également en garde à vue. Vous êtes suspecté d'avoir assassiné votre épouse, Ann. Un crime passionnel, cela se tient! Vous pouvez garder le silence. Tout ce que vous direz pourra être retenu contre vous. Vous avez le droit d'appeler votre avocat avant que l'on ne vous emmène au commissariat, fit Arthur.

— Mais puisque je vous dis que je suis innocent!

— Mais tout vous accable, Monsieur Saint Clair! Votre fille Mary aurait très bien pu vous fournir un faux alibi, tout est possible! Ou bien vous êtes allé à la galerie quand votre fille dormait.

— Vous n'avez aucune preuve de ce que vous avancez, Monsieur l'inspecteur en chef. C'est du vent tout cela, fit Brett d'un ton arrogant!

— Nous en trouverons, notre police scientifique s'active dans ce sens, n'ayez crainte.

Saint Clair appela son avocate, maître Samantha Chowlong. Elle arriva dix minutes plus tard. Après s'être entretenue une dizaines de minutes avec son client, elle s'adressa aux enquêteurs:

— Messieurs, je pense que l'alibi de mon client tient la route. Tant que vous n'aurez pas de preuves tangibles, mon client est libre, vous me comprenez? La présomption d'innocence existe!

Son visage était rouge de colère.

— Non Madame, rétorqua Arthur d'un ton sec. Votre client est suspecté d'avoir supprimé son épouse et il va être mis en garde à vue immédiatement. Nous continuerons notre interrogatoire au commissariat et nous trouverons des preuves. Dans vingt quatre heures nous en saurons davantage.

— Bonjour, fit une voix d'homme derrière eux. Je suis maître Keith Robinson. Puis-je parler à mon client?

— Bien sûr, nous vous attendions, répondit Robin.

 Dix minutes plus tard, l'avocat de Rutherford sortit avec son client.

— Mon client n'a rien à voir avec la mort de sa fille. Vous n'avez que des présomptions et pas de preuves tangibles.

— Mais elles suffisent pour le mettre en garde à vue, maître, et je vous dis comme je l'ai déjà dit à vote collègue, Madame Chowlong, vous reverrez vos clients respectifs demain matin.

— Veuillez nous accompagner au commissariat de police Monsieur Saint Clair, Monsieur Rutherford.

— Mais ce n'est pas possible, crièrent les avocats qui s'en allaient. Robinson claqua la porte.

De retour à Scotland Yard nos enquêteurs n'apprirent rien de nouveau, même après deux heures d'interrogatoire. Brett Saint Clair maintenait sa version. Il en était de même pour le père d'Ann!

— Je vais nous chercher deux menus au McDonald's en face, je meurs de faim, fit Arthur.

— C'est pratique depuis qu'ils l'ont installé en face de Scotland Yard. C'était bien pensé!

— Qu'est ce que tu veux manger?

— J'aimerais bien un menu chicken et une eau plate. Tiens, voilà l'argent, Arthur.

— C'est bon Robin, tu m'as payé une bière la semaine dernière.

— Je serai de retour dans quelques minutes!

Les enquêteurs se dépêchèrent de manger car vers 16 heures Henry Mac Allister devait venir témoigner. Il était 15 heures et l'enquête stagnait.

— Oh Robin, j'ai un mauvais pressentiment! Et si nous avions mis des innocents en prison?

Soudain le portable d'Arthur sonna.

— Bonjour ma chérie, désolé je ne t'ai pas encore appelée, nous avons arrêté deux suspects et nous étions en train de les interroger. Tu vas mieux, Béatrice?

— Bonjour chéri, oui cela va un peu mieux, j'ai mangé un bon bouillon et je n'ai plus de fièvre, je pense. Deux jours à 39 degrés cela m'a suffi. J'ai repassé, ainsi

Abbi pourra se concentrer sur ses devoirs ce soir. A quelle heure penses-tu rentrer Arthur?

— Oh, tu sais j'essaierai de faire mon possible pour être rentré vers vingt heures. Mais je ne te promets rien. On patauge ici, et cela m'inquiète.

— Je comprends, mais ne te fatigue pas trop, je n'aimerais pas que mon mari fasse un malaise comme Robin quand nous étions dans le Dorset.

— Je t'appellerai dès que je quitte le bureau, Béatrice. Ne t'inquiète pas pour moi. Dès que ce sera plus calme ici, je prendrai une semaine de congé. Abbigail sera en vacances, et toi tu pourras essayer d'obtenir une semaine de congés, non? Est-ce que Brighton vous conviendrait?

— Oh quelle bonne idée, ce serait super, Arthur. Lundi j'en parlerai à ma supérieure et à mes collègues. J'ai souvent fait des gardes pour les autres, on verra s'ils vont me renvoyer l'ascenseur! Et je suis rarement malade!

— Excellent, je te laisse, à ce soir Béa. Bisous!

— Est-ce que Béatrice va mieux, Arthur? demanda Robin.

— Oh, tu la connais. Elle a déjà fait du repassage. 48 heures au lit, c'est de trop pour elle, ahaha !

Soudain le portable d'Arthur se manifesta de nouveau.

— Bonjour Madame la Procureure. Oui, nous avons du nouveau, nous avons arrêté le mari et le père de la victime. Ann Saint Clair était la maîtresse de son amie Ellen Trampling. Le mari souffre de bipolarité et de ce fait, il a un caractère irrité et imprévisible. Nous sommes en train de l'interroger, car il a un mobile de taille pour le meurtre de son épouse. Mais hélas, nous n'avons pas assez de preuves tangibles contre lui, seulement des présomptions. Nous avons également appris que le père de la victime, Peter Rutherford, n'était pas blanc comme neige. Ce n'était pas un ange, il avait perdu 100.000 livres en bourse. Ann a pu rembourser 45.000 livres grâce à son amie Ellen Trampling, mais elle s'apprêtait soit à vendre quelques tableaux «au rabais», soit à vendre la galerie pour éponger le reste de la dette. Cela pourrait être un motif de désaccord entre Rutherford et Ann! Rutherford prétend qu'Ann ne lui avait rien dit. Nous allons organiser une nouvelle perquisition en règle, peut-être trouverons-nous, avec un peu de chance, la seringue que l'assassin a oublié.

— Bien, je vais rappeler Monsieur le Maire, il est nerveux. Un crime et peut-être la disparition de la galerie Saint Clair, ce n'est pas bon pour le marché de l'art londonien, fit Rose Fitchett! Mais la vie de cette pauvre femme valait plus que cette galerie et ses tableaux. Faites de votre mieux Arthur. Vous, ainsi que votre collègue, le jeune Robin, avez toute ma confiance. Rappelez-moi s'il y a du nouveau. Merci.

— Bien sûr Madame la Procureure, vous pouvez compter sur nous. Mais ne vous tracassez pas pour la galerie, je pense qu'il y a une solution pour la sauver. C'est peut-être un peu prématuré, mais j'ai ma petite idée là-dessus.

Arthur appela Chiara et Alan pour leur demander de fouiller les poubelles de la galerie et du logement de la victime. Peut-être que le tueur avait commis une erreur?
Soudain on entendit frapper à la porte. Henry Mac Allister fit son entrée.

— Bonjour Monsieur Mac Allister, veuillez prendre place.

— Bonjour Messieurs, en quoi puis-je vous être utile? Vous m'avez dit au téléphone qu'Ann Saint Clair avait été assassinée, mon Dieu. Nous nous sommes encore téléphonés samedi matin. C'est atroce. Ann était une femme sympathique; c'était une excellente femme d'affaires, ce qui la différenciait de son père.

— Donc vous connaissez son père, Monsieur Peter Rutherford?

— Oui bien sûr, je le connais. C'est un vieux rustre et il est très avare, tout le contraire de sa fille Ann. J'avais toujours l'impression qu'il n'était pas blanc comme neige, mais peut-être me trompai-je ? Il ne m'était pas sympathique, et je pense que c'était réciproque.

— Pourquoi est-ce qu'Ann vous a appelé samedi matin?

— Elle était en difficulté à cause de son père m'a t-elle fait comprendre. Elle m'a demandé si je n'étais pas intéressé par l'achat de tableaux de Dali, Magritte, Picasso ou Van Gogh. Il lui fallait encore impérativement payer 55.000 livres pour éponger le restant des dettes de son père. Sinon, elle aurait dû vendre sa galerie et cela elle ne le voulait en aucun cas ; elle y tenait trop. J'étais donc son «sauveur»! Vous savez, je suis courtier en immobilier et j'ai fait de gros bénéfices cette année. Je lui avais proposé de nous voir ce mercredi. Hélas, nous n'en avons pas eu le temps. Je suis tellement désolé pour elle. Je pense que j'aurais acheté un Magritte ou un Dali, vous savez, j'aime le surréalisme; j'aurais pu lui venir en aide avec au moins 40.000 livres. Pour le reste de sa dette, cela aurait été facile de lui servir d'intermédiaire pour d'autres clients. Ainsi, sa galerie était à l'abri !

—   Et vous auriez fait une excellente affaire en plus, s'écria Robin. Ensuite vous l'auriez vendu aux enchères chez Sotheby's, et le tour était joué. Vous n'aviez pas   honte ?????

Mac Allister ne répondit pas et baissa les yeux.

— Nous allons prendre vos empreintes Monsieur Mac Allister et ensuite je vous ferai signer votre déposition, rétorqua Arthur.

— Mais pourquoi mes empreintes, je n'ai rien à voir avec ce meurtre!? Je n'étais même pas à la galerie samedi.

— Mais c'est justement pour vous innocenter Monsieur Mac Allister.

— Où étiez-vous samedi soir?

— J'étais avec ma femme Alina chez mes beaux-parents. Vous pouvez vérifier !

— C'est ce que nous ferons, merci! fit Robin

— Veuillez ne pas quitter Londres, nous serons peut-être amenés à nous revoir. Et pour les tableaux, ne vous inquiétez pas, on vous rappellera à ce sujet. Je ne peux pas vous en dire plus pour le moment, répondit Arthur.

Une dizaine de minutes plus tard, Mac Allister était parti.

— Quel arrogant et prétentieux personnage. Il voulait lui acheter un Dali ou un Magritte pour 40.000 livres, il aurait fait une excellente affaire. C'est une crapule ! Un escroc, je ne veux même pas savoir ce que valent ces tableaux.

— Oui, absolument d'accord avec toi, fit remarquer Arthur, mais je pense qu'il n'a rien à voir avec le meurtre d'Ann. Et pour quelles raisons l'aurait-il assassinée ? Non cela ne tient pas la route.

Robin vérifia l'alibi de Mac Allister. Ses dires étaient confirmés. Le portable d'Arthur sonna. C'était Alan.

— Arthur nous avons trouvé la seringue qui a servi à supprimer Madame Saint Clair. Il y a des empreintes partielles dessus. Pour la bouteille d'insuline elle en comporte également. Chiara et moi allons faire le nécessaire pour savoir si les empreintes sont exploitables et si oui, à qui elles appartiennent! C'était une bonne idée, les poubelles, enfin moins pour l'odeur, ahaha ! Soit c'est une personne fichée, soit c'est un membre de la famille !

— Merci Alan. Bon travail vous deux. Pour l'instant il n'y a rien à tirer de nos deux suspects. Nous attendons donc vos conclusions.

— D'accord Arthur on s'active. A tout à l'heure.

— Tu veux un café Arthur, je suis désolé que l'on patauge dans cette affaire, je pense néanmoins que l'assassin est un de ces deux personnages.

— J'espère que tu as raison. Oui je veux bien pour le café.

Big Ben sonna 18 coups!

Dix minutes plus tard le portable d'Arthur sonna une seconde fois.

— Allo Arthur, c'est Chiara.

— Nous avons pu identifier les empreintes partielles laissées par le meurtrier, ce sont celles de Monsieur Peter Rutherford qui était fiché pour trafic de drogues.

— Merci Chiara, Merci Alan, les empreintes seules ne suffiront pas, à nous de le cuisiner un peu pour qu'il avoue ! Un bruit les fit sursauter. C'était Mary Saint Clair qui rentra. Elle avait de grosses larmes qui coulaient le long de ses joues.

— Bonjour Messieurs, je suis venue vous voir, car je me souviens d'un détail que j'avais oublié de mentionner, étant donné qu'à ce moment de l'enquête, je ne savais pas qu'il était important. Quand le match de football fut terminé je me suis couchée, mais je n'ai pu m'endormir. Je me suis mise à la fenêtre, et soudain j'ai vu mon grand-père jeter un flacon et une seringue dans la poubelle qui se trouvait à l'arrière de la galerie. Je le croyais au lit ! J'ai pensé qu'il ne pouvait pas dormir non plus. J'ai fait le rapprochement beaucoup plus tard, seulement, j'étais sous le choc. Je n'aimerais en aucun cas que papa soit accusé de meurtre. Certes, il a fait du tort à maman à cause de sa maladie, mais il ne l'a certainement pas assassinée, il l'aimait trop. Cela me fait très mal d'accuser mon grand-père mais je dois dire la vérité. Papa ne mérite pas d'être accusé à sa place.

— Je vais préparer votre déposition, ainsi vous pourrez la signer. Merci beaucoup pour votre aide. Vous nous enlevez une épine du pied; nous comprenons votre désarroi. Notre police scientifique a retrouvé en outre ses empreintes partielles sur le flacon et sur la seringue. Nous l'aurions cuisiné, et tôt ou tard il aurait craqué ! Si vous avez besoin d'aide, n'hésitez pas à venir nous voir. Voici une adresse, ils vous aideront pour l'enterrement de votre mère. L'autopsie est terminée. Voulez-vous un café, Mademoiselle Saint Clair ? demanda Arthur.

— Oui, merci c'est très aimable.

— Est-ce que je peux attendre mon père. J'aimerais le ramener chez nous. Je vais faire en sorte que le reste des dettes de maman soient payées. Papa m'aidera. Je ne vais plus me vouer à ma carrière d'architecte pour le moment. Je pense que cela aurait été le souhait de maman.

— Bien sûr Mademoiselle, fit Arthur, nous vous ramènerons votre père après avoir entendu votre grand-père. Votre mère aurait été fière de vous, d'ailleurs elle l'était. Merci.

Wilder et Benson ramenèrent Brett Saint Clair.

— Quoi encore ? Je n'ai rien à dire, fit-il d'un ton irrité.

— Vous avez beaucoup de chance Monsieur Saint Clair, votre fille Mary vient de vous innocenter !

— Comment cela, je ne vois pas ?

— Elle a vu Monsieur Rutherford jeter un flacon d'insuline et une seringue dans les poubelles. De plus, les empreintes partielles correspondent à celles de votre beau-père.

— Merci beaucoup, je me voyais déjà derrière les barreaux pendant de longues années.

— Wilder, Benson, vous ramènerez notre client ici pour que je l'interroge à nouveau ?

— Vous pouvez y aller Monsieur Saint Clair, occupez vous bien de votre fille, elle va avoir beaucoup de choses à gérer et elle aura besoin de vous.

— Je n'y manquerai pas, au revoir Messieurs, merci.

— Vous pouvez également disposer du corps de votre femme, le crime est élucidé. Je viens de donner une adresse à votre fille, ils vous aideront pour l'enterrement.

— Merci, c'est très aimable.

— Papa ! s'écria Mary. Le père et la fille s'embrassèrent.

Les gardes amenèrent Rutherford dans la salle d'interrogatoire.

— Monsieur, toutes les preuves qui ont été réunies vous accusent. Votre petite-fille vous a vu jeter le flacon d'insuline et la seringue dans les poubelles. Ensuite, notre police scientifique a découvert que les empreintes partielles sur le flacon étaient les vôtres. Vous pouvez appeler votre avocat. Vous pouvez garder le silence car tout ce que direz à partir de maintenant pourra être retenu contre vous.

— Oui c'est moi, avoua le vieil homme, anéanti. Ma fille m'a insulté le soir où je l'ai assassinée.

— Je pense qu'elle vous a seulement mis devant un fait accompli ! Vous vous rendez compte ce que vous lui avez fait endurer ?

— Je ne méritais pas cela, d'accord j'avais fait de fausses spéculations et j'avais pioché dans la caisse., mais elle voulait que je quitte la galerie et que je disparaisse de sa vie. J'ai vu rouge, j'ai pris le flacon d'insuline, j'ai rempli la seringue et je l'ai planté dans son dos. En aucun cas je n'aurais abandonnée la galerie.

— La fortune venait de votre femme, vous l'avez oublié ?

— Non, bien sûr.

— Mais quel père peut faire une chose aussi horrible ? s'exclama Robin. En plus vous avez empoisonné son jus d'orange avec des barbituriques. Ann n'avait aucune chance. Vous ne méritez aucune compassion. J'espère que les jurés en tiendront compte. Vous êtes un être avide et sans scrupules.

— J'ai agi sous l'emprise de la colère.

— Mais cette mise en scène, permettez-moi de vous dire que c'était grotesque et prémédité, répondit Arthur. Vous finirez le restant de vos jours en prison.

— Gardes, ramenez Monsieur Rutherford en cellule. Il sera présenté au juge d'instruction dès demain matin, merci !

— Super Arthur, heureusement que sa fille a fait une déposition.

— Oui, en effet, nous avons eu de la chance, mais la police scientifique nous a bien aidé, Dieu Merci.

— Nous allons rédiger le rapport, Arthur ?

— D'accord, tu commences déjà Robin, j'appelle Madame la Procureure et Ellen Trampling, répliqua Arthur. Ellen sera soulagée d'apprendre que l'on a coffré l'assassin de son amie. Elle lira son nom demain matin dans la presse. Madame la Procureure et Monsieur le Maire vont se réjouir car la galerie Saint Clair ne fermera plus ses portes. Malheureusement Ann ne pourra plus voir cela.

C'est ainsi, qu'à cause des frasques de son père, un être malveillant, Ann, une femme d'un courage exemplaires, mourut inutilement.

LES ENQUETES DE SMITH ET HARD A
PERTH EN AUSTRALIE

Arthur Smith et Robin Hard doivent se rendre à Perth en Australie où ils épauleront James Mac Kenzie, commandant de la police et Archibald Brewster, inspecteur en chef. Un criminel anglais, Jessy Mac Calumn qui réside à Perth depuis 10 ans, est en effet suspecté d'avoir assassiné Victor Christie, un banquier anglais, vierge de tout casier, qui travaillait à la BLACKMOUNT.

Maria Domenica travaillait comme femme de ménage dans ce même institut et avait également un casier vierge. Elle était d'origine italienne, naturalisée anglaise, et avait été assassinée avec la même arme.

Ce crime était-il lié au premier ? Les victimes se connaissaient-elles ?

Etait-ce l'oeuvre de Jessy Mac Malumn ou de quelqu'un d'autre qui s'était servi de lui ?

Jessy avait un lourd passé criminel, mais jamais encore de meurtre à son actif pour alourdir son palmarès. Il avait fait de la prison à Londres durant 10 ans pour trafic de drogues, extorsion de fonds et association de malfaiteurs. Après sa remise en liberté il était parti vivre à Perth et avait fondé une famille. Mais est-il vraiment l'assassin de Victor ou était-ce une mise en scène pour le faire accuser ? Comment ses empreintes se trouvaient-elles sur un Glock 22 qui avait servi à tuer deux personnes ?

Nos enquêteurs résoudront une fois de plus ces deux meurtres avec brio.

Dimanche de Pâques touchait à sa fin. Arthur, Béatrice et Abbigail avaient été invités chez les parents de Béatrice pour le déjeuner. Il était 17 heures et ils étaient sur le chemin du retour pour Londres. Il leur restait encore le lundi de Pâques pour se reposer. La nature commençait à se réveiller, les fameux jardins anglais également. Il faisait 20 degrés pour un mois d'avril : c'était vraiment exceptionnel !

— Hum, fit Abbigail, c'était drôlement bon chez mamie ; ses *hot cross buns,* un vrai délice !

— Moi j'ai bien aimé les côtes d'agneau qu'elle nous a préparé, mamie Mary, rétorqua Arthur.

— Oui maman cuisine toujours aussi bien. Allez, dans deux heures nous serons chez nous, fit Béatrice. Je trouve que mon père a vieilli, mais bon, à 78 ans, c'est normal, non ?

— Je suis de ton avis, fit Arthur, Peter a vieilli, mais tu sais Béatrice, il n'a rien perdu de son énergie. Ne t'inquiète pas

pour lui. Et ta mère, n'en parlons pas. J'aimerais être comme elle à 77 ans. Un vrai ressort !!!

Abbigail finit par s'endormir. Un beau soleil de printemps s'afficha sur un ciel bleu azur.

— Nous voilà chez nous, quatre heures de route dans une journée, c'est un peu fatiguant fit Arthur.

— J'ai encore des sandwichs au réfrigérateur, je vais aller les chercher ; avec un peu de jambon ce sera suffisant pour ce soir, répliqua Béatrice, qu'en pensez-vous ?

— Oui oui firent Arthur et Abbigail. Nous n'avons pas encore très faim. Mamie nous a gavé comme des oies ahaha !

— Je vais mettre la table maman.

— Voyons ce qu'il y a à la télé ce soir, rétorqua Arthur. Hum, bon sang ces séries américaines cela me tue. Ah tiens, il y a Miss Fisher, elle est drôle, belle et intelligente, je l'aime beaucoup et vous ?

— C'est cette série australienne, rétorqua Abbigail, oui d'accord papa, c'est pas trop mal.

— Qui est belle, demanda Béatrice ?

— Miss Fisher à la télé, pas d'inquiétude, ce n'est pas de ta concurrente dont je parle.

— Je l'espère !

Ils rirent aux éclats !

Vers 23 heures les lumières s'éteignirent dans la petite maison des Smith. Une très belle journée était derrière eux. Béatrice était ravie d'avoir revu ses parents car, depuis Noël, entre la vie courante et les heures supplémentaires d'Arthur, ce n'était plus possible d'aller leur rendre visite.

— Bonjour Mesdames, fit Arthur, le lendemain. J'ai mis la cafetière en route, les toasts sont sur la table, la marmelade et le fromage également.

Il était 8 heures du matin.

— Bonjour papa, fit Abbigail, j'arrive, merci ! Ton portable sonne dans la cuisine !

— Mais qui est-ce qui m'appelle de si bonne heure ? fit Arthur.

— Bonjour, Arthur Smith à l'appareil .

— Bonjour James Mac Kenzie commandant de la police de Perth! J'espère que je ne vous ai pas réveillé ?

— Non, nous venons tout juste de nous lever. Mais que se passe t-il pour que vous nous appeliez d'Australie un lundi de Pâques ? répliqua Arthur.

— Je viens d'appeler votre supérieur, James Alistair, c'est lui qui m'a donné votre numéro de portable, dit Mac Kenzie. Arthur, on aurait besoin de votre aide ici à Perth. Un ressortissant anglais a été arrêté, et il est suspecté d'avoir assassiné deux personnes. La première victime est un banquier anglais, Victor Christie qui travaillait à la *Blackmont*. La seconde victime, est la femme de ménage de la même banque, Maria Domenica. Vous connaissez le suspect, c'est Jessy Mac Calumn. Il a fait 10 ans de prison à Londres pour trafic de drogues, extorsion de fonds et association de malfaiteurs. C'est vous qui l'aviez mis sous les verrous !

— Je me souviens maintenant, fit Arthur, mais ce n'était pas un meurtrier, c'était plutôt un bandit, pas un assassin. Vous avez toute une équipe professionnelle à Perth à votre disposition, pourquoi moi ?

— Arthur, vous le connaissez mieux que quiconque ; j'ai vu votre rapport de l'époque, et ce qui est étrange, c'est que Jessy vous réclame ! Je n'ai jamais vu cela dans ma carrière en Australie. J'ai appelé l'inspecteur Hard, il vous accompagnera. James Alistair, votre supérieur m'a donné son accord. Tous vos frais seront remboursés. Je vous donnerai une avance dès votre arrivée et votre épouse pourra vous accompagner également si elle le désire. Nous prenons en charge la moité de ses dépenses. Je pense que vous avez un vol depuis Londres ce soir à partir de 19 h. 50, le suivant étant demain matin à 9 heures ! Parlez-en à votre famille, et nous vous attendrons ensuite au commissariat de police de Perth, rétorqua Mac Kenzie. D'accord ?

— D'accord James, je vais en parler à ma femme ! Mais dites-moi une chose ? Avez-vous déjà interrogé les familles des victimes ? Est-ce que vous avez fait une perquisition chez Christie ?

— Oui Arthur, et cela n'a rien donné, on n'a rien trouvé ni sur Victor Christie, ni sur Maria Domenica. Nous avons épluché les comptes bancaires de Christie, ils étaient corrects ; nous avons également vérifié ceux de

Maria Domenica. Nous piétinons, et vous attendons avec impatience.

— D'accord, je vous rappellerai dès que possible.

— Merci Arthur ! Je me chargerai de la réservation des places. J'attends votre appel !

— Chéri, fit Béatrice, que se passe-t-il, j'ai suivi la conversation, fit-elle d'un ton agacé ! Ne me dis pas que tu dois partir en Australie en mission. Mais c'est quoi cette histoire de dingue, est-ce que les Australiens ne sont pas capables de faire leur boulot eux-mêmes, mon Dieu j'hallucine !!!!!!

— Béatrice, tu pourras m'accompagner si tu veux, les frais seront pris en compte à moitié pour toi et gratuits pour moi! Abbigail pourra rester quelque temps chez les Roberts. De plus, les Australiens nous ont déjà aidé pour d'autres affaires compliquées et nous leur rendons la pareille. Nous avions également pris en charge la moitié des frais de l'épouse de Mac Kenzie. Il n'a pas oublié.

— Super maman, papa, allez-y c'est une très bonne idée, je vais appeler Claire pour lui dire que dès ce soir, je dormirai pour quelque temps chez elle !

— Ah, toi, tu es vraiment la fille de ton père, inimaginable. Il ne me reste, comme d'habitude, que le choix de m'incliner. Bon, je vais appeler ma supérieure et lui expliquer le cas, fit Béatrice d'un ton acerbe ! Décidément on aura tout vu, vacances écourtées au Dorset, vacances forcées en Australie, mais quelle famille ! Je rêve !

— Allô, Madame Dorian, c'est Béatrice Smith à l'appareil. Veuillez m'excuser de vous déranger, mais j'ai un souci urgent. Voilà, est-il possible de m'accorder une dizaine de jours de congés ? Mon mari va partir en mission urgente en Australie ce soir, et j'aimerais l'accompagner. J'ai encore des jours de congés et des RTT à prendre ! Comme je connais mon mari et Robin, l'enquête sera vite résolue, enfin je l'espère. Si celle-ci durait plus de dix jours je reviendrai avant !

— Je n'y vois pas d'inconvénient, l'effectif est au complet Béatrice, et vous avez souvent changé votre planning de bon coeur avec le restant du personnel. Je vais appeler votre collègue. Allez-y, et bon courage à votre mari ! Mais qui va s'occuper d'Abbigail ? demanda Madame Dorian.

— Nous appellerons une amie de la famille, Madame Amanda Roberts. Sa fille Claire suit les mêmes cours qu' Abbigail. Il ne nous restera plus qu'à faire nos valises ! Merci infiniment Madame Dorian.

— Bonne chance Béatrice et surtout à votre mari !

— Heureusement que Madame Dorian est compréhensive.

— J'ai entendu, fit Arthur. Merci Béatrice, qu'est-ce que je ferais sans toi, euh sans vous. Et les trois s'embrassèrent.

— Oh, tu peux surtout remercier ta fille et Madame Dorian, fit Béatrice d'un air sévère.

— Papa, j'ai déjà appelé Amanda et j'ai parlé à Claire. Ils sont d'accord ! T'inquiète maman, j'ai pensé à Cléo. Je l'emmène dans son bocal, ce n'est qu'un poisson rouge et les Roberts ne vont rien dire. Je ferai ma valise toute à l'heure. Je gère, ne vous inquiétez pas !

— Oh Abbigail, tu es bien la fille de ton père, aussi déterminée que lui !

— Je vais appeler Robin pour choisir l'heure du départ, dit Arthur.

— Bonjour Robin, alors que penses-tu de notre enquête en Australie ?

— C'est le boulot Arthur, bien sûr qu'on ne peut pas refuser, on aura besoin d'eux également un jour. J'en ai informé Mandy, elle vient de rentrer chez elle. Nous prenons l'avion ce soir ?

— Oui, Robin, nous partons ce soir. Les Australiens nous avaient aidé concernant l'affaire des faux diamants. Je vais rappeler James Mac Kenzie. On se voit à 18 heures à l'aéroport d'Heathrow ?

— D'accord, bonne journée, à ce soir !

— Je vais rappeler Mac Kenzie pour qu'il nous réserve le vol de ce soir, qu'en penses-tu Béatrice ?

— Oui, pas de souci !

— Plus vite partis, plus vite l'enquête sera résolue. Et l'Australie ça n'est pas si mal! Nous n'y serions peut-être jamais allés s'il n'y avait pas eu cette enquête. Vers 17 heures on ramènera Abbigail chez les Roberts. Disons qu'avec vous deux je dois tout prendre avec philosophie, ahahaha !

Arthur était soulagé.

— Allô James Mac Kenzie, Arthur Smith, c'est bon pour le vol de ce soir, ma femme Béatrice nous accompagnera Robin et moi.

— Très bien, vous pourrez récupérer vos billets à l'agence d' Emirates à l'aéroport d' Heathrow. Je m'en charge. Le retour est en « *open* » car j'ignore quand l'enquête sera close. Je n'ai pas trouvé de vol direct pour demain, je suis désolé, vous devrez malheureusement faire une escale assez longue à Dubaï. Vous continuerez ensuite avec *Qantas Airways*. Je dois jongler avec le budget, je pense que ce n'est pas mieux chez vous à Londres ? Pour l'hôtel, vous résiderez au *Perth Palace*. Je vous envoie la réservation sur votre portable, pas de soucis.

— Merci James, à bientôt, ce n'est pas grave ! En effet, ici à Londres on doit également faire attention aux frais divers. A bientôt. Merci.

Arthur raccrocha.

— Bon, on va enfin prendre notre petit-déjeuner il est 9 h 30 ! fit Arthur. Deux journées éprouvantes nous attendent !

Ensuite les époux commencèrent à faire leur valise. Arthur cligna de l'oeil à Béatrice. Il savait que sa femme n'aimait pas être mise devant un fait accompli, mais il avait ce métier dans la peau. Elle lui rendit son sourire. Abbigail de son côté rangea bien sa chambre et commença à charger quelques affaires dans sa valise. A 12 ans, elle était très autonome. Elle n'oublia pas son uniforme, ses cahiers et livres d'école !

— Et si je commandais le pizza service, proposa Arthur ?

— Oui Arthur, je n'ai pas le temps de cuisiner.

— Oui, oui super bonne idée, papa, il est midi et demi, on a faim et on est tous bien occupés ! Ce soir on prendra le dîner dans l'avion ou à l'aéroport. De toute façon, comme on y sera plus d'une journée, on aura tout le loisir de se faire servir des petits plats, ahaha !

— Oui Béatrice, en effet, c'est un très long voyage, et je suis encore désolé de t'infliger cela. Entre enquêteurs on doit se soutenir, mais je vois que tu le prends avec philosophie, cela me soulage.

— Arthur, je sais bien que j'ai épousée un enquêteur. Je ne voudrais pas divorcer à cause de ton travail.

— Oh surtout pas ma chérie !

Vers 17 heures, la voiture des Smith était prête à partir. Leurs voisins, les Fitzgerald, avaient un double des clés de la maison, car quand les Smith partaient, c'étaient toujours eux qui gardaient leur maison. Cléo tanguait un peu dans son bocal; Abbigail le prit ainsi que le sac de nourriture à côté d'elle sur le siège arrière. Les valises étaient rangées dans le coffre. Il leur fallait une demi-heure pour arriver chez les Roberts.

— Bonjour tout le monde, fit Béatrice. Je suis confuse de vous laisser Abbigail pour une dizaine de jours. Voici pour sa pension. Elle tendit une enveloppe à Amanda Roberts qui devint écarlate.

— Mais Béatrice, je ne veux pas d'argent, voyons. Si je peux vous rendre service.

— C'est normal, vous plaisantez, répondit Béatrice, c'est pour participer aux frais du ménage !

Béatrice savait que les Roberts n'étaient pas fortunés, et une bouche de plus à nourrir était beaucoup pour eux, d'autant plus que Steeve Roberts était au chômage depuis peu.

— Voulez-vous un thé, demanda Amanda en s'adressant aux Smith ?

— Oui bien volontiers, fit Arthur, l'aéroport n'est pas très loin, on a encore un peu de temps devant nous. Merci Amanda.

Après avoir pris le thé, les Smith embrassèrent Abbigail et ils se dirigèrent vers l'aéroport d'Heathrow.. Robin les attendait déjà.

— Bonjour Béatrice, Bonjour Arthur, comment allez-vous ?

— Ah Robin, nous avons eu une journée chargée, il fallait encore déposer Abbigail, mais nous voici enfin, répliqua Béatrice.

— Venez, fit Smith, nous allons faire le *check - in,* ensuite nous irons manger un sandwich, sait-on jamais, les compagnies aériennes épargnent beaucoup pendant les vols ! Nous serons plus de vingt heures dans l'avion. Il vaut mieux prévoir !

— Tu ne voudrais pas, fit Béatrice d'un air offusqué. Ils ne vont quand même pas nous laisser mourir de faim. Oh Arthur, sois plus positif ! Allez !!

— Arthur a raison, il vaut mieux prévoir avant de monter dans l'avion, allons-y, rétorqua Robin.

— Un deuxième qui a peur de ne rien avoir à manger, bon je m'incline, fit Béatrice. Je vous suis.

— Hum, le sandwich au poulet était délicieux, fit Béatrice.

— Le mien était au thon, très frais, rien à redire, dit Robin

— Et le mien au jambon-fromage, un vrai délice !

— Allons-y, s'écria Arthur, notre vol clignote sur le tableau, ah, c'est la porte 3.

— Et l'aventure commence, fit Béatrice, un large sourire aux lèvres !

— Béatrice, je suis heureux que vous nous accompagniez !

— Merci, Robin, tu es toujours aussi galant. Mandy a bien de la chance !

— Moi aussi j'ai de la chance avec Béatrice, répondit Arthur.

L'avion commença à décoller. Mac Kenzie leur avait réservé trois places à l'arrière de l'avion. Les sièges étaient recouverts d'un velours rouge de la même couleur que l'uniforme des hôtesses de l'air. Ils n'étaient pas très loin des WC. Il y avait de petits écrans de télévision intégrés aux sièges.

— J'ai lu dans la presse, fit Arthur, qu'ils vont supprimer ces petits écrans dans les nouvelles versions d'avions pour réduire les coûts. Nous avons donc un avion un peu plus ancien, mais pas tant que cela, regardez, les sièges sont bien propres et de bonne qualité.

Une heure plus tard, les hôtesses de l'air leur servaient le dîner.

— Oh, tu vois Arthur, on va nous apporter à dîner, et vous deux, qui aviez peur de ne rien avoir à vous mettre sous la dent, ahaha !

— Oui, Béa, tu as raison, comme toujours, et il cligna de l'oeil.

— Hum, fit Robin, c'est drôlement bon, c'est du carpaccio de veau à l'italienne !

— En effet, c'est pas mal du tout, rétorqua Béatrice.

— J'aurai préféré du poisson, répondit Arthur, mais on ne peut pas choisir. J'avoue cependant que c'est délicieux.

— On en mangera à Perth, dit Béatrice en riant. Regarde sur *Trip Advisor,* je suis certaine que tu trouveras plusieurs restaurants qui nous serviront du poisson.

— Oh, ma femme a déjà regardé, fit Smith d'un regard espiègle en direction de Béatrice.

— Bien sûr, je sais ce que mon mari aime manger !

— Bon, rétorqua Robin, je pense que je vais essayer de dormir un peu. Quelle heure est-il ? Oh ! 23 heures.

— Je vais me rafraîchir un peu, fit Béatrice, ensuite je ferai comme Robin.

— Je vais lire un peu, et ensuite je vais essayer de dormir, répondit Arthur.

— Nous arriverons vers 5 h 50 à Dubaï demain matin. Il nous reste quelques heures de sommeil, dit Robin.

Vers 6 heures du matin nos enquêteurs et Béatrice descendirent de l'avion. Il faisait doux, le soleil commençait à peine à se lever.

— Dommage que nous ne puissions sortir de l'aéroport, répliqua Béatrice. Nous avons presque 4 heures d'attente, soit, allons boire un café. Un petit croissant nous fera certainement du bien à tous.

Arthur et Robin baillèrent.

— J'ai un peu dormi, dit Robin, mais bon ce n'est pas pareil que dans mon lit.

— J'approuve, fit Arthur. Oh mon dos, un calvaire de rester assis aussi longtemps, et ce n'est pas terminé. Mon Dieu quel supplice !

Ils avaient les yeux cernés. Il n'y avait que Béatrice qui avait bonne mine, elle avait dormi tout le long du trajet. Abbigail était entre de bonnes mains, donc pas de soucis à se faire.

— Venez je vois un petit self là bas au fond. Allons-y !

Ils prirent un café et des sandwichs.

Robin et Arthur prirent le *GUARDIAN*.

— Tiens, constata Béatrice, ils ont beaucoup de journaux anglais ici. Enfin, moi je vais continuer un peu la lecture du roman que j'ai commencé hier soir.

— Hum, rétorqua Hard. Il est 8 heures, il nous faudra attendre encore pratiquement deux heures pour embarquer.

— Et si nous allions un peu nous promener et faire du shopping, répondit Béatrice.

— Oh, Béatrice non, je suis fatigué. Je reste ici et je lis le journal.

— Allez venez Béatrice, dit Robin je vous accompagne si Arthur ne veut pas.

— Oh, toi attends un peu, rétorqua Arthur en souriant.

— Je vous attends ici, dans une heure OK ?

— Oui Arthur, répondirent Béatrice et Robin.

Une heure plus tard ils étaient de retour.

— Alors qu'as tu acheté ? demanda Arthur.

— Un beau foulard, répliqua Béatrice.

— Et toi Robin, ah une nouvelle cravate, je vois.

— Tiens chéri, je t'ai acheté une chemise à manches courtes.

— Merci elle me plaît, tu connais mes goûts, Béatrice.

— Bon, notre vol clignote à la porte 6 ; il y a encore 15 heures de vol qui nous attendent, rétorqua Arthur. Mon Dieu quel voyage !

— Allez patience, nous n'allons pas tous les jours à Perth, Arthur, répondit Béatrice.

Soudain le portable d'Arthur sonna.

— Abbigail, tu n'es pas en cours ?

— Bien sûr, mais nous sommes en pause, j'avais envie de prendre de vos nouvelles ?

— Abbi, nous sommes en train de monter dans l'avion. Nous avons fait une escale à Dubaï. Nous avons encore quinze heures de vol. Nous atterrirons cette nuit à minuit cinquante. Nous t'appellerons demain d'accord ? Et ça va chez les Roberts ?

— Oui papa, tout va bien, je vous embrasse. Et Cléo va bien également. Je prends soin d'elle.

— Au revoir Abbi. On te rappellera, rentre vite en salle de classe.

— Oh toi et ta fille, les inséparables, répliqua Béatrice en rigolant, « tel père, telle fille », ahahaha !

Qantas Airways prit son envol.

Béatrice et Arthur s'endormirent. Robin regarda un petit film.

Vers minuit cinquante nos enquêteurs et Béatrice arrivèrent à Perth. Le baromètre affichait 22 degrés. Un taxi les amena à l'hôtel *Perth Palace*. L'entrée était en marbre rose. Quelques palmiers se trouvaient à côté de l'établissement. On entendait au loin le bruit des vagues.

Arthur regarda sur sa montre, il était 1 h 30 du matin. Le réceptionniste les salua et leur tendit leurs clefs. Il ne leur fallut que dix minutes pour s'endormir. Arthur avait mis son réveil à huit heures et quand il sonna il se leva de suite et prit une douche. Béatrice se leva dix minutes plus tard. Robin les rejoignit dans la salle du petit-déjeuner.

— Béatrice, tu as ton guide pour visiter la ville ? demanda Arthur.

— Oui, bien sûr, mais vois-tu, aujourd'hui je ne vais rien faire, car je suis exténuée. Je vais aller au bord de la piscine et me reposer. L'hôtel sert également à manger, donc pas de soucis. Pour le reste, je verrai demain. Allez vous deux, au travail, James Mac Kenzie vous attend.

— A ce soir Béatrice.

Les époux s'embrassèrent.

— Allez dépêchez – vous, partez vite !

Le taxi les déposa devant le commissariat. Il était 9 h 30. Un agent de police les conduisit directement dans le bureau de James Mac Kenzie, le commandant de la police de Perth.

Devant eux se tenait un homme trapu d'une quarantaine d'années. Mac Kenzie avait les cheveux roux et il semblait sympathique.

— Oh Arthur, Robin, bienvenus à Perth. Je suis content que vous soyez venus. Avez-vous fait bon voyage ? Votre femme est-elle à l'hôtel ?

— Oui, rétorqua Arthur, nous avons fait bon voyage, mais je vous avoue que nous sommes un peu las ; Béatrice est à l'hôtel, elle se repose. Le voyage a duré environ vingt cinq heures ; mettons nous au travail si vous le permettez. Expliquez-nous ce que vous avez découvert ?

— Je vous connais Arthur, vous avez ce métier dans la peau. Vous êtes un infatigable. Alors, comme je vous l'ai expliqué, nous avons deux victimes : la première est Victor Christie, un banquier qui travaillait à la banque *BLACKMOUNT,* la deuxième se nomme Maria Domenica, une italienne, naturalisée anglaise par son mariage. Ces deux personnes ont été supprimées avec la même arme un *GLOCK 22* à peu près à la même heure, c.à.d entre 17 et 18 heures. Maria Domenica travaillait à la *BLACKMOUNT* comme femme de ménage. Nos enquêteurs ont trouvé les empreintes de Jessy Mac Calumn sur l'arme qui se trouvait près de son corps. Nous l'avons arrêté, mais il clame haut et fort son innocence. Sa compagne Patricia Landsburry lui a fourni un alibi. Il faudra vérifier s'il tient la route. Comme je vous l'ai dit au téléphone, l'enquête dans les familles de Christie et Domenica, s'est soldée par un échec, hélas ! Mais si vous désirez y retourner, je n'y vois pas d'objection. Brewster a fait une perquisition au bureau de

Christie. Pas de résultat. Jessy aurait théoriquement eu le temps d'assassiner les deux victimes et ensuite de se rendre à son domicile. La *BLACKMOUNT* n'est qu'à vingt minutes de chez lui. Mais pour l'instant nous ne savons pas pourquoi le meurtrier a supprimé cette femme. Avait-t-elle vu quelque chose qu'elle n'aurait pas dû voir ? C'est ce que nous devrons découvrir. Franchement Arthur, vous aviez coffré Jessy, et je pense que vous êtes le mieux placé pour justifier ses dires. Vous le connaissiez mieux que quiconque., et de plus, il vous a réclamé. Il voudrait vous prouver qu'il n'a tué personne. Je ne sais pas ce que je dois penser de cette affaire et si on doit croire sa version ?

— C'est ce que l'on va vérifier au plus vite, répondit Arthur. Robin et moi aimerions jeter un coup d'oeil sur le dossier, si vous permettez ? Qu'en est-il du portable ou de la ligne fixe de Jessy. A-t-il été en contact avec les victimes ?

— Non, nous avons vérifié, aucun appel n'a été passé ni de son portable ni sur sa ligne fixe.

Arthur et Robin consultèrent le rapport.

—   Et les gars de la scientifique ? demanda Robin.

—   Ils sont en train d'exploiter le lieu du crime depuis hier, en espérant que le ou la meurtrière a commis une erreur.

Une dizaine de minutes s'écoulèrent. Soudain la porte du bureau s'ouvrit.

—   Puis-je vous présenter, l'inspecteur en chef Archibald Brewster, demanda James ?

Un homme élancé d'une quarantaine d'années fit son entrée dans le bureau. Il portait un pantalon bleu foncé et une chemise à rayures. Il était presque chauve.

—   Bonjour Messieurs !

—   Bonjour inspecteur, voici mon collègue Robin Hard, je suis Arthur Smith.

—   James m'a beaucoup parlé des collègues de Scotland Yard. Heureux que vous soyez des nôtres, répondit Archibald.

—   Que suggérez-vous ? demanda Mac Kenzie?

—   Je propose d'aller voir Jessy Mac Calumn. Où est-t-il emprisonné ? demanda Smith.

— A la *HAKEA Prison.* Allons-y ! Elle n'est qu'à 12 miles d'ici, répondit Mac Kenzie.

Trente minutes plus tard les enquêteurs arrivèrent sur le parking. Elle était protégée par deux murs immenses ainsi que par deux fils de barbelés. Sa façade était peinte en blanc. Trois gardiens faisaient le guet dans une tour au milieu d'une cour dans laquelle les prisonniers se promenaient.

— Bonjour Monsieur, fit Mac Kenzie, nous sommes des agents de police de Perth. Voici notre laisser-passer. Nous devons interroger Jessy Mac Calumn.

— Bien sûr, rétorqua le gardien, et il leur ouvrit le portail. Je vais appeler Monsieur le Directeur. Il va arriver. Vous pourrez l'attendre devant l'entrée au centre.

— Bonjour Messieurs, fit une voix déterminée.

Le directeur de l'établissement, Edwin Black, semblait très à l'aise. Il portait un pantalon noir, une chemise blanche et une veste noire. Il devait avoir la cinquantaine.

— Voici nos enquêteurs de Londres, Arthur Smith, inspecteur en chef, et Robin Hard, inspecteur, dit Mac Kenzie.

— Bonjour, Messieurs ; j'espère que vous aurez plus de chance avec lui que vos collègues de Perth. Il clame haut et fort son innocence, sa compagne lui a fourni un alibi et je ne sais vraiment pas quoi penser de toute cette histoire. S'il est innocent, nous le libérerons, mais il faudra trouver des preuves irréfutables. Je vais vous conduire à sa cellule.

Ils traversèrent un long couloir et se firent huer par quelques prisonniers.

— Ne faites pas attention, ce ne sont pas encore les plus agressifs, fit Black. ils veulent faire les malins et provoquer, c'est tout.

— Ah bon ? répondit Robin, et bien j'aimerais bien voir les autres !

— Tiens voilà Arthur Smith, vous avez amené du renfort, mais je ne mords pas, fit un Jessy Mac Calumn, cynique. Qui est ce jeune *louveteau ?* C'est votre stagiaire, ahaha !!!??

— Jessy, arrêtez de suite, sinon nous repartirons. Ce *louveteau* est mon collègue, l'inspecteur Robin Hard un enquêteur expérimenté, et tout comme moi il peut prouver votre innocence. Vous avez intérêt à nous dire la vérité !

— C'est bon, je voulais juste plaisanter. Ne nous énervez pas !

— Nous avons fait un voyage qui a duré plus de vingt cinq heures, et croyez-moi nous ne sommes pas d'humeur à plaisanter. Jessy c'est du sérieux cette fois-ci, vous vous rendez compte, deux meurtres, vos empreintes sur l'arme du crime, un *Glock 22,* tout cela peut vous coûter la perpétuité, rétorqua Smith.

— C'est mon arme, j'ai l'autorisation d'en porter une, mais quelqu'un l'a volée dans mon garage, je le jure sur la tête de mes parents. J'ai été cambriolé deux fois cette année, d'où la nécessité de me protéger. Mon permis de port d'arme est en règle, la vérification a été faite. Ce n'est pas moi qui ait tué ces deux personnes, ils n'ont que mes empreintes sur le *Glock 22,* mais ils n'ont trouvé de traces de résidus ni sur mes habits ni sur mes mains. Vous me connaissez Smith, j'étais un bandit auparavant, mais j'ai changé, je n'ai jamais tué personne !

Je suis persuadé que vous allez trouver le coupable. Donnez moi une chance, s'il vous plaît !

— Mais vous auriez pu y visser un silencieux, ce qui dévie le dépôt de résidus de tir, porter des gants pour tirer, ensuite brûler vos habits, répliqua Robin. Tout vous accuse, et il faudra être honnête avec nous pour qu'on puisse vous aider Monsieur Mac Calumn. Qui vous en veut et pourquoi ? Essayez de faire un effort.

— J'ignore qui m'a volé mon arme et pourquoi on veut m'accuser! J'ai même aidé la police à retrouver la trace du voleur de la bijouterie *WILLIAMS* l'année dernière. Mac Kenzie et Brewster peuvent vous le confirmer. Il cligna de l'oeil à Brewster.

— Oui c'est exact, rétorqua Brewster., il a fait du bon travail ! C'est un bon observateur.

— Quel métier exerciez - vous ces dernières années, Monsieur Mac Calumn ? demanda Robin.

— J'ai un petit garage qui m'appartient à Perth, je n'ai rien fait d'illégal ; vous pouvez me croire. Je n'ai pas toujours été un enfant de choeur, je l'avoue, mais j'ai vraiment changé. Je ne comprends toujours pas ce qui se passe. Vous pouvez demander à mon amie, Patricia

Landsburry, elle vous reconfirmera mon alibi pour les deux meurtres. Comment pourrais-je regarder ma petite Clara dans les yeux plus tard, si j'étais coupable ? Je n'essaierais pas de vous demander de l'aide ! Voici son adresse :

— Nous l'avons déjà, fit Brewster d'un ton irrité !

— Mais moi, je veux que ce soit Smith et son adjoint qui vérifient tout, s'écria Mac Calumn.

— Oui, lança Arthur, dès notre retour au bureau nous allons y jeter un oeil.

— Archibald, avez-vous déjà entendu les amis de Jessy ?

— Non, je n'y voyais pas d'utilité ? Mais puisque vous y tenez. Brewster était devenu écarlate.

— Encore une chose, Mac Calumn, pouvez-vous nous donner une liste de vos connaissances ici à Perth ? Je suppose que vous avez de nouveaux amis, non ?

— Oui bien sûr, je n'en ai pas des masses, mais j'en ai trois et ceux-là, croyez moi ils sont sincères. Mais pourquoi voulez vous voir mes amis ?   Ils vous confirmeront que depuis dix ans, quand j'ai débarqué à Perth, je n'ai rien fait d'illégal et que j'essaie seulement de travailler dans mon garage pour vivre en compagnie de mon amie Patricia et de ma fille Clara afin d'oublier le passé !

— Mac Calumn, je vous ai connu il y a dix ans, c'est un grand laps de temps, je veux bien croire que vous ayez changé, mais moi j'ai besoin de preuves solides, répondit   Smith.
Jessy leur écrivit quelques noms sur une feuille de papier.

— Marc Oliver, son aide – garagiste

— Stan Malone, propriétaire du restaurant *ALBATROS*

— Antony Harvey, propriétaire du bar *PERTH HARBOUR*.

— Bien, on vérifiera, et si vous êtes innocent comme vous le prétendez, nous le prouverons. Faites attention Mac Calumn, si vous nous avez caché des informations cela pourra vous coûter cher, c'est un délit qui s'appelle « obstruction à une enquête en cours ». Et même si vous êtes innocenté pour les deux meurtres, ceci peut vous conduire derrière les barreaux pendant cinq ans ; sans parler de l'amende. Ai-je été assez clair, Jessy ?

— Oui, c'est bon, je n'ai rien à cacher, je vous ai tout dit.

— Au revoir Mac Calumn, on se reverra.

— Au revoir Smith !

— Alors Arthur, qu'en penses-tu, demanda Robin ?

— Oh, j'ai un drôle de pressentiment, Mac Calumn était un bandit, certes, mais j'ai la conviction que ce n'est pas un meurtrier. Il n'était pas violent quand je l'ai arrêté, et de cela je m'en souviens encore maintenant. Beaucoup de prisonniers se débattent, lui rien pas un mot.

— Je ne suis pas de votre avis, dit Brewster, mais je peux me tromper !

— Pourquoi, demanda Smith ?

— Il s'est débattu et m'a craché au visage quand nous l'avons interpellé !Que suggérez-vous, demanda Brewster.

— Nous allons d'abord interroger son amie Patricia Landsburry, ensuite les trois amis de Mac Calumn. D'accord James ?

— Bien sûr, vous voulez bien me ramener au commissariat de police ! Archibald continuera avec vous. Nous avons déjà vérifié son alibi mais je n'y vois pas d'objection.

Une dizaine de minutes plus tard, nos enquêteurs arrivèrent devant la petite maison de Patrica Landsburry. Elle était de couleur blanche avec un toit rouge. Le balcon était peint en vert et blanc. Une femme aux cheveux blonds, mi-longs, s'avança vers eux. Derrière elle se tenait une petite fille apeurée d'environ six ans.

— Veuillez entrer Messieurs !

— Bonjour Madame Landsburry, voici l'inspecteur en chef, Arthur Smith de Scotland Yard et son collègue, Robin Hard. Ils sont venus à la demande de votre ami Jessy.

— Bonjour Messieurs, merci de vous être dérangés pour Jessy. Il m'a dit que c'est vous, inspecteur Smith, qui l'aviez arrêté il y a dix ans et je sais qu'il a confiance en vous. Il vous a décrit comme un enquêteur sincère et humain.

— Merci Madame. Pouvez-vous nous reconfirmer son alibi pour le soir des deux meurtres ?

— Bien sûr, Jessy est rentré aux environs de 19 heures. Ensuite nous sommes allés tous les trois, dîner à *l'ALBATROS*. Le patron vous le certifiera. Nous sommes rentrés aux environs de 23 heures et nous nous sommes couchés. C'était un vendredi soir. Comme Clara n'a pas d'école le samedi, nous sommes restés un peu plus longtemps au restaurant. Nous avons été réveillés aux environs de 7 h 30 le samedi matin par la police qui est venue arrêter Jessy. Ils avaient trouvé son arme qui avait servi à tuer Victor Christie et Maria Domenica à la banque. Ses empreintes étaient dessus, ce qui est normal. Je vous assure qu'il ne m'a pas quittée pendant toute la soirée.

— Les deux meurtres se sont passés entre 17 et 18 heures, il aurait eu largement le temps de supprimer les victimes et de rentrer chez vous après.

— Mais, il a travaillé jusqu'à 18 h. 30, vous pouvez le demander à Marc Oliver ; ils étaient occupés tous les deux à réparer un 4 x 4. Il m'a même téléphoné aux environs de 17 heures pour me dire qu'il ne serait pas à la maison avant 19 heures. Marc Oliver l'a rappelé plus tard, pour lui dire que la panne sur le 4 x 4 était réparée. C'est un bon gars !

— Les vérifications ont déjà été faites inspecteur, mais si vous voulez, vous pourrez y jeter un coup d'oeil, dit Brewster d'un ton agacé !

— Bien sûr, c'est ce nous allons faire dès que nous serons de retour au commissariat, répondit Arthur.

— Merci Madame Landsburry, ne quittez surtout pas Perth, nous serons certainement amenés à nous revoir. Merci pour ces informations. Au revoir. !

— Au revoir Messieurs, et s'il-vous-plaît, trouvez celui qui veut du mal à Jessy ! Je crois en son innocence même si je suis la seule.

— Nous allons faire le maximum, répondit Smith.

— Bon, Robin, Archibald, nous allons rendre une petite visite à ce Marc Oliver pour savoir si Madame Landsburry ne nous a pas menti.

Après un quart d'heure les enquêteurs se trouvaient devant le garage de Mac Calumn.

— Bonjour Monsieur Oliver, je suis l'inspecteur en chef Arthur Smith de Scotland Yard, et voici mes collègues, Robin Hard et Archibald Brewster de la police de Perth.

— Mais pourquoi venez vous me trouver, je n'ai rien à voir avec les deux meurtres dont Jessy est accusé ? Je l'appréciais et nous formions un bon « tandem » ! Je suis sorti de prison il y a deux ans et il m'a donné une chance, je ne pourrais jamais oublier son geste. Il comprenait ma situation et je suis persuadé que vous vous trompez !

— Nous devons simplement contrôler son alibi, et vous entendre en tant que témoin, rétorqua Arthur.

— Nous avons travaillé jusqu'à 18 h 30 ce jour là. On avait des soucis avec un 4 x 4. Vers 17 heures il a appelé sa femme pour lui dire qu'il serait chez lui vers 19 heures et après cela, il est parti du garage. Je l'ai appelé plus tard dans la soirée pour lui annoncer que j'avais trouvé la panne.

— Vous viendrez signer votre déposition cet après-midi au commissariat, rétorqua Brewster , disons vers 16 h 30, nous serons de retour au bureau.

— Bien-sûr ! Au revoir Messieurs !

Smith regarda sa montre. Il était midi trente, son estomac commençait à se manifester.

— Je commence à avoir faim, qu'en est-t-il de vous deux ?

— Oh moi également, répondit Robin.

— Oui moi aussi, je peux vous suggérer peut-être *l'Albatros,* puisque nous devons nous y rendre pour notre enquête, répondit Brewster.

— D'accord firent les enquêteurs !

Le restaurant se trouvait à quelques minutes du garage de Jessy. Sa spécialité étaient les grillades. Beaucoup de touristes y étaient attablés. Brewster semblait nerveux et fatigué. Ils commandèrent leur viande quand soudain le portable de Smith se mit à sonner.

— Bonjour papa, vous allez bien ? Vous me manquez , je n'avais plus la patience d'attendre.

— Bonjour ma chérie, oui ça va. Abbigail, comment vas-tu ? Maman est à l'hôtel, elle se repose. Nous sommes dans un restaurant et avons débuté l'enquête.

— J'ai déjà téléphoné à maman, je sais !

— Combien de temps pensez-vous rester ? Hum excuse-moi papa, c'est la première fois en douze ans que je me retrouve seule sans vous. Cela fait tout bizarre, mais tu sais, les Roberts s'occupent bien de moi, ils sont très gentils et après l'école nous avons fait des courses. J'ai également acheté la nourriture de Cléo ! Et Bella leur petite chienne King Charles est adorable. Ne vous inquiétez pas !

— Abbi, vois-tu, dans la vie on ne fait pas toujours comme on veut, mais plus souvent comme on peut. Laisse-nous quelques jours, l'enquête commence seulement. Je te promets de t'appeler ce soir !

— Aucun souci papa, prends soin de toi et de maman, à ce soir. Euh papa les maths c'est pas facile en ce moment, mais pour le reste tout se passe bien !

— Dès que l'on sera de retour je rechercherai un professionnel qui puisse t'aider à t'améliorer ! D'accord ?

— Merci papa, c'est d'accord, à ce soir !

— Excusez- moi c'était Abbigail, ma fille, dit Arthur en se tournant vers Archibald. Elle veut être policière comme moi. C'est la première fois qu'elle reste seule chez des amis. Mais elle gère, je la connais. Encore une chose Archibald, nous ne sommes pas ici pour empiéter sur vos plates-bandes mais votre supérieur James Mac Kenzie ainsi que Jessy Mac Calumn désirent nous faire participer à l'enquête ; toute information supplémentaire que vous pourriez nous fournir serait la bienvenue ! J'ai connu Jessy il y a dix ans quand je l'ai arrêté. J'ai même été surpris qu'il ait demandé à me revoir !Ne nous considérez pas comme des « intrus » s'il-vous-plaît !

— Mais je n'ai pas de problème avec vous, ne vous faites pas de soucis, nous formons une bonne équipe, répondit un Brewster un peu surpris par la réflexion d'Arthur. Il rougit. Sa réponse sonnait faux !

Bien sûr Arthur ne le croyait pas, car à chaque fois qu'il proposait quelque chose, c'était déjà fait ou ce n'était pas nécessaire. ! Il doit être jaloux, et la jalousie est humaine ! Mais c'était franchement agaçant de travailler dans de telles conditions.

On n'entendit plus que le cliquetis de leurs couverts. Quand ils eurent terminé, Smith demanda à parler à Stan Malone. Deux minutes plus tard, Stan arriva à leur table.

— Bonjour Messieurs, en quoi puis-je vous être utile, est-ce que vous avez apprécié notre cuisine ?

— C'était délicieux, répondit Arthur ! Voici mes collègues, l'inspecteur Robin Hard de Scotland Yard, et Archibald Brewster de la police de Perth. Je suis Arthur Smith, inspecteur en chef de Scotland Yard. Est-ce que nous pourrions nous rendre dans une autre pièce Monsieur Malone ?

— Oui bien sûr, veuillez me suivre Messieurs ! Mais comment cela se fait-il que Scotland Yard dépêche ses policiers en Australie, demanda Malone ?

— Mon collègue, James Mac Kenzie, le commandant de la police de Perth nous a demandé de l'aide au sujet du meurtre de Victor Christie, le banquier de la *BLACKMOUNT* et de Maria Domenica, qui y travaillait comme femme de ménage. Votre ami Jessy Mac Calumn étant suspecté des deux meurtres, il a voulu que nous participions à l'enquête. Je le connais car il a été emprisonné à Londres pendant dix ans pour des délits divers, mais pas pour meurtre. Il désire que nous retrouvions le véritable coupable. Nous sommes en train de vérifier ses dires et essayons de trouver des preuves pour l'innocenter.

— Je suis surpris, excusez-moi, je ne connaissais pas son passé. Un jour il est arrivé au restaurant, il m'a raconté qu'il avait ouvert un garage à Perth. Nous avons sympathisé, j'aimais sa famille qui était respectueuse. Ils m'avaient invité ainsi que mon épouse à venir boire un café chez eux. C'était pendant les heures creuses quand le restaurant était fermé.

— Pouvez-vous nous certifier que le jour du meurtre le sept avril, il est venu dîner avec sa femme et sa fille ici ?

— Oui bien sûr, je l'ai signalé aux policiers qui sont venus m'interroger et ma déposition a été signée.

— Est-ce que vous vous rappelez d'un détail même insignifiant qui pourrait nous aider ?

— Attendez laissez-moi réfléchir, oui, il a reçu un appel téléphonique, il s'est levé et est sorti du restaurant.

— Comment était son attitude après le coup de fil, demanda Robin ?

— Je n'ai pas fait attention, car le restaurant était plein, je l'ai vu discuter avec son épouse et ils avaient l'air d'apprécier leur soirée.

— Je vous remercie pour ce détail, Monsieur Malone.

— Je vous demande une minute, répondit Brewster, je dois me rendre aux toilettes !

— On vous attend à l'extérieur, aucun souci, répliqua Smith.

— Je vous souhaite une excellente journée et retrouvez-vite celui ou celle qui a assassiné ces deux personnes, car j'ai l'impression que quelqu'un en veut à Jessy et voudrait qu'il plonge à sa place !

— Au revoir Monsieur Malone, on fera tout notre possible, rétorqua Smith.

— Dis-moi Arthur, tu n'aimes pas Brewster, et moi non plus. Il ne doit pas être ravi que nous participions à l'enquête. J'ai remarqué ses réactions, c'est un hargneux qui cache sa colère. Mac Kenzie est très sympathique par contre.

— Oui Robin, nous sommes d'accord !

— Que suggérez vous Arthur, fit Brewster de retour ?

— Je voudrais continuer à interroger le dernier témoin Harvey, le patron du bar.

— Bon, dit Brewster, je retourne au bureau, j'ai des dossiers en retard, le commissariat n'est qu'à cinq minutes à pied et les témoins vont venir signer leurs dépositions. De plus, nous sommes sur la piste d'une bande de cambrioleurs qui sévit lors des absences des propriétaires, et on n'avance pas vraiment ! Je suis content que vous vous occupiez des deux meurtres. Nous sommes en sous-effectif. Vous pouvez continuer sans moi, il n'y a aucun souci ! Le *Perth Harbour* se trouve à 1 kilomètre sur votre droite, vous ne pouvez pas le manquer.

— Très bien, répondit Smith, on se retrouve plus tard au commissariat. A tout à l'heure.

— Oh, quel changement d'attitude, c'est étonnant, s'exclama Smith quand ils se retrouvèrent dans la voiture, il doit être surmené.. Bon on continue, on ne va pas se casser la tête à cause de Brewster..

Devant eux se trouvait le bar *Perth Harbour*. L'intérieur était décoré de vitrines où étaient rangés toutes sortes d'alcools. Ils se présentèrent au barman et demandèrent à parler au patron, Antony Harvey.

— Bonjour Messieurs, je suis Antony Harvey, vous désirez me parler ?

— Oui, Bonjour Monsieur, voici mon collègue Robin Hard et moi-même, Arthur Smith de Scotland Yard. Nous sommes venus nous entretenir avec vous au sujet de Jessy Mac Calumn.

— Comment cela se fait-il que Scotland Yard s'occupe de ces meurtres ?

— Monsieur Harvey, la police de Perth ainsi que Jessy, ont demandé notre soutien dans l'élucidation de ce meurtre. J'avais fait emprisonner Jessy il y a dix ans à Londres pour des délits divers, mais il clame haut et fort son innocence, et nous sommes ici pour l'innocenter si toutefois il nous a dit la vérité, répliqua Arthur.

— Que pouvez-vous nous dire à son sujet ?

— Jessy venait ici de temps à autre, après son boulot. Il buvait sa bière ensuite il rentrait chez lui. Je le connais depuis une dizaine d'années. Ce n'est pas quelqu'un qui cherche la bagarre, c'est un bosseur, et il aime sa petite famille ; quelquefois sa compagne et sa petite fille l'attendaient ici et ils rentraient ensemble. Je ne puis rien dire de négatif à son sujet. Je n'étais pas au courant de son emprisonnement, et cela ne me regarde pas, rétorqua Harvey.

— Est-ce qu'il avait des connaissances ou amis ici au café ?

— Oui, il les saluait ; parfois je voyais des clients venir discuter avec lui. Certains lui payaient une tournée, ou le contraire : il était sociable.

— S'il vous revenait en mémoire, un détail aussi insignifiant soit-il, voici ma carte de visite Monsieur Harvey. Merci beaucoup.

— D'accord, mais trouvez-vite le véritable meurtrier ; je suis certain que ce n'est pas Jessy.

— Merci Monsieur Harvey ! Au revoir ! N'oubliez pas de venir signer votre déposition, disons demain matin vers 9 heures ?

— D'accord, au revoir Messieurs.

— Qu'en penses-tu Robin ?

— Les gens appréciaient Jessy. On n'a pas avancé d'un pouce, s'exclama Smith.

Il regarda sa montre. Il était dix sept heures. Soudain son portable sonna. C'était Béatrice.

— Bonjour Béatrice, comment va ? Tu t'es bien reposée ? As-tu trouvé un restaurant pour ce soir ?

— Je me suis bien reposée, après votre départ ce matin, je me suis allongée près de la piscine, je me suis endormie tout de suite. Il était 11 h 30 quand je me suis réveillée. Ensuite, j'ai déjeuné à l'hôtel, puis j'ai loué une voiture pour aller au *Araluen Botanic Park*. D'ailleurs, j'y suis encore. La carte de menu à l'hôtel est diversifiée, je pense que nous trouverons quelque chose pour ce soir. Vous devez être exténués tous les deux ? Pas besoin de courir loin pour dîner.

— Oh, cette enquête nous tient en haleine, et nous n'avançons pas vraiment. Nous retournons au bureau pour faire le point, ensuite nous rentrons. Bonne idée de louer une voiture et d'avoir pensé à prendre ton permis Béatrice ! Est-ce qu'Abbigail t'a appelé ?

— Oui, on s'est déjà parlé, tout va bien. A ce soir Arthur !

— Comment va Béatrice ? demanda Robin

— Elle a déjà fait un tour dans l'*Araluen Botanic Park.*

— Tu sais Robin, j'ai l'impression que Jessy ne nous a pas tout dit ou avait peut-être peur de tout dire. Est-ce qu'il couvre quelqu'un ? Est-ce que quelqu'un lui en veut parce qu'il avait aidé la police. Est-ce que ces meurtres sont liés à un autre délit ? A nous de le découvrir.

— C'est ce que je pense depuis le début. Arthur !

— Soudain le portable de Smith se remit à sonner.

— Allo, c'est Mac Kenzie, je viens d'avoir Edwin Black, le directeur de la prison à l'appareil, Jessy Mac Calumn est mort. La médecin-légiste est en train de faire une autopsie. J'attends les premiers résultats dans deux heures. Pourriez-vous vous y rendre, s'il-vous-plaît ? Je vais envoyer un agent de police annoncer sa mort à sa compagne.

— Bien sûr, nous allons à la prison, fit Arthur, ensuite nous retournerons au bureau.

— Je ne peux vous envoyer Brewster, sa fille est gravement malade, il a dû rentrer d'urgence et il m'a laissé la déposition de Marc Oliver. Je m'en occupe si vous n'êtes pas rentrés ainsi que des autres personnes qui viendront signer leurs déclarations.

— Pas d'inquiétude James, nous y allons de suite.

— Robin, je crois qu'on a vu juste, Jessy est mort, et je suis certain que quelqu'un l'a assassiné, car il en savait trop! Si seulement il nous avait tout dit ce matin au lieu de nous cacher une partie de la vérité, il serait certainement encore en vie. Je ne puis m'imaginer qu'il se soit suicidé ! Allez on retourne à la prison. Demain nous irons interroger les familles de Christie et de Maria Domenica. Ah, au fait, Brewster a dû rentrer chez lui car sa fille est gravement malade.

— Je comprends mieux son comportement, rétorqua Robin, en espérant que la pauvre se rétablisse vite.

— Bon on retourne à la prison, répondit Arthur.

Une dizaine de minutes plus tard nos enquêteurs se retrouvaient sur le parking de la maison d'arrêt.

— Bonjour Messieurs, fit Edwin Black. Décidément, cette histoire prend de l'ampleur, nous ne saurons jamais la vérité quant aux deux meurtres.

— Oh, je n'en suis pas si sûr, dit Arthur. Nous allons faire notre possible pour retrouver le ou la meurtrière. Jessy ne nous a pas tout dit ce matin, dommage, sinon il serait encore en vie. Encore une chose, savez-vous s'il a reçu de la visite aujourd'hui ? Avez-vous un livre de présences ?

— Je vais aller chercher la vidéo-surveillance, nous l'avons déjà visionné, et n'avons rien trouvé. Quant au livre de présences, il ne contient pas d'informations. C'est étonnant. Veuillez me suivre, notre médecin-légiste, Leslie Conrad, est en train de faire l'autopsie du corps, peut-être pourra t-elle vous en dire plus.

— Bonjour Leslie, voici Arthur Smith et Robin Hard de Scotland Yard de Londres. Ils aident la police locale à résoudre les deux meurtres dont Jessy est accusé.

— Bonjour Messieurs !

Edwin quitta la salle d'autopsie !

Leslie devait frôler la quarantaine. Elle avait les cheveux roux.

— Bonjours Leslie, que pouvez-vous nous dire au sujet de la mort de Jessy Mac Calumn ?

— Jessy a été retrouvé mort aux environs de 14 heures cet après-midi. Il s'était pendu à la fenêtre, mais en examinant le corps de plus près, j'ai constaté que le tueur lui avait injecté une forte dose de thallium dans le bras droit. Je viens tout juste de vérifier l'analyse sanguine. Il n'y a pas eu de lutte. Il ne portait pas de blessures apparentes. A mon avis, il devait connaître son agresseur et ne s'est pas méfié. Je vais continuer l'autopsie. Si j'ai d'autres éléments je vous en informerai.

— Leslie, voici ma carte, ce sera plus simple pour vous. Merci.

— Voici la vidéo-surveillance, fit Edwin qui était revenu.

— Merci Edwin. Nous retournons au bureau. On vous avertira si on découvre quelque chose.

Dix minutes plus tard, nos enquêteurs étaient assis à leur bureau !

— Alors, avez-vous pu parler à la médecin-légiste, demanda Mac Kenzie.

— Oui, c'était un meurtre maquillé en suicide. L'assassin lui a administré une injection de thallium. Voici la vidéo-surveillance, le directeur Edwin Black nous a confirmé que l'on n'y voyait absolument personne se rendre dans la cellule de Jessy. Mais moi, j'ai l'impression qu'il manque une partie de l'enregistrement !

— Pas de problème, je vais la donner à Pascal Amhurst, notre spécialiste. Il pourra peut-être nous aider. Quant à Brewster je lui ai donné congé pour quelques jours.

— Mais, si vous le permettez, de quoi souffre sa fille ?

— Elle doit subir une transplantation du foie, et Brewster l'a inscrite sur une liste d'attente. Malheureusement, il n'y a pas de donneur, et financièrement ça n'est pas facile. Il a perdu son épouse d'un cancer, cela doit faire trois ans. Depuis il est souvent irrité, nerveux ou grognon, ne lui en veuillez pas, c'est un bon gars, et malgré tous ses soucis, il est resté très compétent.

— Pourrais-je voir encore une fois les appels téléphoniques de Jessy ?

— Bien sûr, les voici.

Arthur vérifia les dires de Stan Malone. En effet, Jessy avait reçu un coup de fil de son aide-garagiste quand il était au restaurant.

— D'accord, on a compris maintenant pourquoi Brewster était irrité, rétorqua Arthur. Il regarda sa montre. Il était 18 h 30. Nous allons vous quitter, notre long voyage nous a un peu fatigué. Nous irons voir les familles des victimes demain matin.

— Bien sûr, allez-y, vous devez être exténués tous les deux. Je m'occuperai de toutes les dépositions, ne vous inquiétez pas.

— Merci, à demain matin.

Béatrice les attendait, elle était assise dans le hall de l'hôtel et était en train de lire.

— Bonsoir vous deux ! Oh, vous m'avez l'air éreintés. Venez boire un verre d'eau, je vais en commander.

— Bonsoir ma chérie. Tu ne t'es pas ennuyée toi non plus !

— Oh, non je t'ai tout raconté au téléphone.

— Hum, cela fait du bien, Merci !

— Il a fait 25 degrés aujourd'hui. Abbi m'a raconté qu'il faisait frais à Londres, 12 degrés, répliqua Béatrice.

— On la rappellera entre 23 heures et minuit, dit Arthur.

— D'accord chéri.

— Et Robin, vous avez pu appeler Mandy ?

— Non, hélas, on n'a pas eu le temps, je pense que je l'appellerai plus tard, comme vous. On doit s'habituer aussi au décalage horaire.

— On va prendre place au restaurant, dit Béatrice. J'ai réservé !

— D'accord, allons-y, répondit Arthur.

— Alors où en est l'enquête ? demanda Béatrice.

— Oh, nous pataugeons. Le suspect, Jessy Mac Calumn a été assassiné dans sa cellule. Le meurtrier nous a fait croire qu'il s'était pendu, or il lui a injecté une forte dose de thallium. Nous sommes persuadés que Jessy connaissait celui qui voulait lui faire endosser les crimes.

— Je vois, fit Béatrice, c'est pour cette raison qu'il vous a fait venir.

— Oui, c'est ce que nous pensons, rétorqua Arthur.

— De plus, nous avons un inspecteur en chef, Archibald Brewster qui n'a pas apprécié que l'on s'occupe de l'enquête !

— Mais pourquoi cela ? demanda Béatrice.

— Je pense que le commandant Mac Kenzie a cru bien faire en demandant notre aide, appuyé par Jessy bien sûr, et Brewster s'est senti frustré. Nous ne sommes pas les bienvenus à ses yeux. Aujourd'hui il a dû rentrer plus tôt car sa fille est sur une liste d'attente pour une greffe de foie., on peut comprendre sa situation. Elle ne va pas bien !

— Oublions tout cela et venez vous installer pour vous relaxer quelques heures, répondit Béatrice.

Le sol du restaurant était en marbre blanc. On pouvait entendre une musique d'ambiance. Les tables étaient toutes dressées avec des nappes et serviettes blanches en tissu.

— Houlala, fit Robin, cela doit être cher ! Et le budget qu'on nous a octroyé n'est certainement pas adapté au prix de la carte des menus.

— Ne t'inquiète pas, fit Arthur, on sera peut-être rentrés plus tôt que prévu. Sinon je réglerai cela dès notre retour à Londres.

— Nous ne dînerons pas tous les jours ici, car, moi-aussi, j'ai mené ma petite enquête, rétorqua Béatrice. Il y a plein de petits restaurants italiens dans le coin et pas trop chers.

— Excellent, répondirent Robin et Arthur. Bravo Béatrice !

Après le délicieux repas, les époux Smith et Robin se rendirent dans leur chambre. Robin resta un moment au bar pour téléphoner à Mandy.

— Houlala quelle journée, dit Arthur, je n'en peux plus. Cette enquête ne se présente pas sous son meilleur angle. Le suspect qui se fait assassiner, et pour l'instant on ne connaît toujours pas le motif du tueur.

— Mais Arthur, on vient tout juste d'arriver, donnez-vous un peu de temps.

— Viens, on va appeler notre fille, cela te changera les idées, rétorqua Béatrice.

— Allô, ma chérie, c'est maman et papa ! Comment vas-tu ?

— Allô, maman, contente d'avoir de vos nouvelles ? Moi ça va, les Roberts sont très gentils.

— Comment va Cléo ?

— Je nettoie son bocal tous les jours, elle tourne en rond ahaha !

— Arthur rajouta : C'est comme toi ma chérie, tu nous fais aussi tourner en rond quelquefois, ahahaha !

— Et à l'école, qu'as-tu fait ? demanda Arthur

— Aujourd'hui on a étudié la biographie de Shakira, on a même chanté une de ses chansons, tu sais *WAKA WAKA*. C'était rigolo. Ensuite nous avons eu gymnastique. L'après-midi français et physique. Et vous comment ça va ?

— Moi ça va, j'ai déjà visité un jardin botanique, papa et Robin ont à résoudre une enquête difficile cette fois-ci. J'ai l'impression qu'elle est beaucoup plus compliquée que celle du Dorset ou celle de Kingstown !

— Oh j'espère qu'ils vont vite trouver le coupable, vous me manquez.

— Toi aussi tu nous manques Abbi, allez, on se rappelle demain soir, nous t'embrassons.

— On va se coucher, je suis mort de fatigue, fit Arthur.

— Oui, moi aussi, répondit Béatrice.

Et les époux s'affalèrent sur le lit.

Le lendemain à huit heures, le réveil sonna. Arthur s'étira et prit sa douche.

— Bonjour ma chérie, as-tu bien dormi ?

— Oui comme un loir, et toi ?

— J'ai mis une heure à m'endormir, avec toute cette confusion concernant l'enquête et le voyage, mais je me sens mieux qu'hier et aujourd'hui est une autre journée. !

Béatrice prit sa douche.

Dix minutes plus tard, tout le monde se retrouva dans la salle du petit déjeuner.

— La clientèle est internationale, fit Hard.

Des Hindous, des Africains, des Asiatiques, des Européens, tous étaient réunis autour du buffet matinal.

— Bonjour Robin, as-tu bien dormi, demanda Béatrice.

— Oh oui, je me sens beaucoup mieux aujourd'hui. Qu'avez-vous l'intention de visiter Béatrice ?

— Oh, j'ai loué une voiture par l'intermédiaire de l'hôtel. Je vais aller visiter le *Caversham Wild Life Parc*. Apparemment il y aurait des Quakas, des petits marsupiaux uniquement visibles en Australie, des kangourous, des pingouins et des koalas. L'après-midi, après le déjeuner j'irais me reposer sur la plage.

— Oh, ce parc doit être beau à voir, bonne visite, Béatrice.

— Merci Robin.

— Et vous comment allez-vous procéder ?

— Nous allons enquêter au niveau de la famille des deux victimes.

— Allez, Robin viens, nous avons du pain sur la planche.

— Au revoir, et bonne chance, s'écria Béatrice.

— A ce soir Béatrice, firent les deux enquêteurs.

Soudain le portable d'Arthur sonna.

— Mac Kenzie à l'appareil. Brewster. m'a appelé ce matin. Sa fille a été hospitalisée et elle ne va pas bien du tout. Il sera absent, vous vous chargerez de l'enquête. Vous avez toute ma confiance. Les amis de Jessy vont venir signer leur déposition. J'ai vos notes, je m'en occupe.

— Merci pour votre aide. Nous allons faire une recherche au bureau de Christie et interroger les familles des victimes, répondit Arthur.

— Très bien, vous avez carte blanche.

— Merci James !

— Allez, on va d'abord se rendre chez les Christies, fit Arthur. Je leur ai annoncé notre visite hier, ensuite nous continuerons chez la famille de Maria Domenica, la femme de ménage de la *BLACKMOUNT*.

Le portable d'Arthur sonna une seconde fois.

— Bonjour, Meredith Malone, Procureure de sa majesté à l'appareil. J'ai eu votre numéro par James Mac Kenzie.

— Bonjour Madame la Procureure.

— Venons-en droit au fait, comment avance cette enquête ? Avez-vous des soupçons quant aux trois meurtres ?

— Hélas non, Madame la Procureure, répondit Arthur, nous avons commencé seulement hier. Jessy Mac Calumn devait connaître le tueur, et c'est pour cela qu'il a voulu que nous enquêtions ici en Australie. Dommage qu'il ne nous ait pas tout dit, il serait encore en vie. Il devait couvrir quelqu'un, et ce dernier l'a empoisonné au thallium nous faisant croire à un suicide ! J'ai un pressentiment, mais sans preuves cela ne vaut rien. En ce moment, nous sommes devant la demeure de Victor Christie et nous essayons de comprendre la raison de son assassinat ! Il nous faudrait cependant une seconde perquisition pour son bureau à la banque *BLACKMOUNT*. L'inspecteur Brewster a fait la première fouille. Il est absent pour le moment pour des problèmes familiaux. Il se pourrait que nous y trouvions le motif de son meurtre ! La femme de ménage est une victime collatérale je pense, elle a dû voir quelque chose qu'elle ne devait pas !

— Passez dans une heure, je serai à mon bureau, ce n'est pas très loin de la demeure des Christies. J'espère que vous y trouverez ce que vous cherchez, car je vous avoue que la pression du sénateur Bernhard m'irrite un peu. Lui et Christie étaient de vieux amis, donc je peux comprendre.

— Nous ne pouvons brûler les étapes Madame la Procureure. Après l'interrogatoire de Madame Christie, nous passerons chez vous, pas d'inquiétude. A tout à l'heure. Merci !

— Bon sang, maintenant le sénateur s'en mêle également ! s'écria Smith.

— J'aimerais savoir ce que te dit ton pressentiment, Arthur ? demanda Robin.

— C'est encore trop tôt, il faut attendre la récupération de la vidéo surveillance de la prison ! Je suis curieux de voir ce que l'on va découvrir au bureau de Christie. Enfin Brewster n'a rien trouvé, peut-être ne trouverons-nous rien non plus.

Nos enquêteurs s'arrêtèrent devant une belle demeure très moderne avec des baies vitrées. Ils virent, en s'approchant, qu'il y avait une belle piscine qui se trouvait derrière la maison.

— Bonjour Madame Christie, voici mon collègue l'inspecteur Robin Hard de Scotland Yard, je suis l'inspecteur en chef Arthur Smith ; nous vous présentons nos sincères condoléances. Nous aurions quelques questions à vous poser.

— Bien sûr, je vous en prie veuillez entrer.

— Prenez place, Messieurs.

— Mais, fit Jennifer Christie, la police de Perth est déjà venu enquêter !?

— Est-ce l'inspecteur en chef, Archibald Brewster, qui est venu vous poser des questions ?

— Oui, c'est lui qui est venu me voir, mais franchement, j'ignore pour quel motif mon mari a été assassiné. Il n'avait pas d'ennemis et était très bien vu de sa clientèle.

— Nous allons fouiller le bureau de votre mari, peut-être allons nous y trouver la clé de l'énigme ?

— Je l'espère, je me sentirais beaucoup mieux, mais cela ne va pas me ramener mon mari.

— Nous vous contacterons dès qu'il y aura du nouveau, Madame Christie.

— Merci, au revoir Messieurs.

Quelques minutes plus tard, nos enquêteurs se trouvaient dans le bureau de Madame la Procureure Malone. Une femme d'une quarantaine d'années aux cheveux bruns se tenait devant eux. Elle était vêtue d'un costume bleu clair. Des lunette noires étaient posées sur son bureau. Une eau de toilette à la vanille embaumait la pièce.

— Bonjour Messieurs, je suis ravie de faire la connaissance d'enquêteurs anglais. Voici votre mandat, je vous souhaite bonne chance !

— Le plaisir est pour nous, nous vous tiendrons au courant Madame la Procureure.

— Merci, au revoir Messieurs.

— Quand allons nous chez la famille de Maria Domenica ? demanda Arthur.

— Mais tout de suite, mon cher. Leur maison se situe justement sur la route pour aller à la *BLACKMOUNT*.

La maison des Domenica était une vielle bâtisse, mais très bien entretenue. Un homme frôlant la cinquantaine était en train d'apposer de la peinture verte sur la balustrade.

— Bonjour Monsieur, nos sommes de la police de Scotland Yard.

— Oui vous m'avez appelé hier, je vois. Mais comment puis-je vous aider ?

— Tout d'abord, nos sincères condoléances, Monsieur Domenica. Nous pensons que votre femme est une victime collatérale et qu'elle a dû être au mauvais endroit au mauvais moment !

— Je ne sais pas, elle ne m'a rien dit. Je ne vois vraiment pas qui aurait pu lui en vouloir ? Retrouvez vite son assassin, c'est horrible. Je me sens tellement impuissant.

— S'il vous revenait en mémoire, même un détail insignifiant, n'hésitez pas à m'appeler. Voici ma carte de visite.

— Merci ! Au revoir Messieurs.

Les enquêteurs se dirigèrent vers la *BLACKMOUNT*.

— Bonjour Messieurs, dit la réceptionniste, comment puis-je vous aider ?

— Voici mon collègue l'inspecteur Robin Hard, je suis Arthur Smith de Scotland Yard. Nous avons un mandat de perquisition en bonne et due forme. Nous aimerions jeter un coup d'oeil au bureau de Victor Christie s'il-vous-plaît !

— Un moment je vais appeler sa secrétaire, Carine Wilburn.

Quelques instants plus tard, une jeune femme d'une trentaine d'années rejoignit les inspecteurs.

— Bonjour Messieurs, je suis Carine Wilburn. Vous voulez inspecter le bureau de mon patron ? Mais pourquoi, je ne comprends pas, c'est lui la victime ? De toute façon votre collègue en a déjà faite une.

— Bien sûr Madame, mais nous pourrions y trouver des indices qui nous aideraient à retrouver son meurtrier ! Nous aurions également besoin de la clé des archives.

— Bien sûr, veuillez me suivre Messieurs !

— Voici le bureau de Monsieur Christie. Je vais vous ouvrir son coffre-fort, un moment s'il-vous-plaît ! Et voilà ! Les archives se trouvent à côté de son bureau.

— Vous pouvez nous laisser Madame Wilburn, dès que nous aurons terminé nous vous appellerons, rétorqua Smith.

— D'accord, je vais vous préparer un café si vous êtes d'accord ?

— Ce n'est pas de refus, rétorqua Robin.

— Arthur, qu'est-ce que l'on doit chercher ici et dans le coffre-fort ? Et pourquoi les archives ?

— Robin, cet établissement accorde également des crédits, nous devons chercher si un de ses clients lui en voulait. Cela pourrait être une raison de vouloir supprimer son banquier !

— Houlala, il y en aurait alors des victimes, Arthur !

Les enquêteurs feuilletèrent tous les dossiers, et il y en avait ! Décidément la *BLACKMOUNT* avait beaucoup de clients ! Soudain le portable de Smith sonna.

— Oui James, que se passe-t-il ?

— La fille de Brewster est décédée ce matin !

— Mince désolé pour Archibald. Croyez-vous que l'on puisse aller le voir plus tard ?

— Si vous le souhaitez, bien sûr, je pense même que cela va le réconforter.

— D'accord nous passerons avant le déjeuner chez lui, nous sommes dans le bureau et les archives de Victor Christie, répondit Arthur.

— J'espère que vous y trouverez un indice qui nous guidera vers l'assassin.

James raccrocha.

— Arthur, viens voir ce que j'ai trouvé, s'écria Robin tout d'un coup.

— Quoi donc Robin ?

— Une demande de crédit de Brewster d'un montant de 15.000 dollars, qui a été refusé par Christie.

— Arthur, tu ne sembles pas étonné du tout, ai-je raté un épisode ?

— Non, c'est ce que je soupçonnais, s'écria Arthur.

— Comment cela, explique-moi !

— Robin, Brewster avait un motif pour vouloir tuer Christie. Il avait besoin de fonds pour soigner sa fille, et Christie ne lui a pas accordé de crédit. Quand il a tué Christie, la pauvre femme de ménage l'a surpris, il ne pouvait faire autrement que de la liquider, c'est horrible, mais c'est la vérité. Jessy avait certainement compris qui était derrière ces meurtres. Tu te souviens, il nous a dit qu'il aidait la police de Perth. Il avait visé Brewster. Ah, si seulement il nous avait tout dit. Brewster a certainement rendu visite de nombreuses fois à Jessy. Il savait où il planquait son *Glock 22*.

— Mais Arthur, on ne tue pas un banquier de sang froid pour 15.000 dollars, seulement par ce qu'il ne te prête pas d'argent. Je ne puis le croire. Enfin, c'est très rare que tu te trompes. Si nous pouvions regarder la vidéo-surveillance, ce serait encore mieux. Je vais appeler Pascal Amhurst pour voir où il en est. Si jamais tes soupçons se confirment, il faudra qu'on aille tout de suite chez Brewster. Je sais bien que le moment est mal choisi ! Ce que je trouve bizarre par contre, c'est que Brewster n'ait pas fouillé les archives, enfin tant mieux pour nous.

— Dans la panique et la colère il a oublié je pense, rétorqua Arthur.

— Allô Pascal, c'est Robin Hard à l'appareil. Avez-vous pu visionner la vidéo-surveillance entièrement ?

— Bonjour Robin, j'allais vous appeler. Vous ne croirez pas ce que j'ai découvert sur la cassette ?

— Oh si, c'est Brewster qui s'est introduit dans la cellule de Jessy, répondit Robin.

— Mais comment le savez-vous ? Je ne comprends plus rien.

— Pascal, nous sommes en train de faire une perquisition chez Victor Christie, la victime qui travaillait à la *Blackmount* et nous avons découvert que Christie n'avait pas accordé un crédit de 15.000 dollars à Brewster. Ce dernier avait besoin de fonds pour la transplantation du foie de sa fille. Mac Kenzie nous a appris que sa fille venait de décéder.

— Est-ce que vous venez voir la vidéo-surveillance avant d'aller chez Brewster ?

— Non, nous viendrons plus tard. Pourriez-vous me passer Monsieur Mac Kenzie, s'il-vous-plaît ?

On entendit un bruit.

— Allô Arthur, je viens de discuter avec Pascal Amhurst. Quelle triste vérité ! Je viens vous rejoindre, malheureusement les enquêteurs anglais ne peuvent arrêter un suspect en Australie. Nous la remettrons plus tard au juge d'instruction.

— Nous vous attendons devant la demeure de Brewster, aucun souci.

Quelques minutes plus tard Mac Kenzie arriva. Nos trois policiers se dirigèrent vers la maison de Brewster. Quand ils frappèrent à la porte, personne n'ouvrit. Ils firent le tour de la maison. Soudain Arthur poussa un cri.

— Venez vite, essayons de pénétrer à l'intérieur. Je crois que notre suspect s'est suicidé. Robin réussit à ouvrir la porte.

— Tiens Arthur, voici une lettre d'adieu de Brewster. Je pense qu'elle contient ses aveux.

— Mon Dieu c'est horrible, le pauvre diable, s'écria Mac Kenzie

Devant eux gisait le corps inanimé d'Archibal Brewster. Il s'était injecté du thallium. Arthur lui ferma les yeux et lut la lettre à voix haute. Elle contenait effectivement l'aveu des trois meurtres. Il disait également qu'il regrettait ce qu'il avait fait, mais maintenant que sa fille avait disparu ainsi que sa femme, il n'avait plus goût à la vie. Mac Kenzie téléphona à Madame La Procureure.

— Bonjour Madame La Procureure. Nous avons une bonne nouvelle à vous annoncer. Le coupable des trois meurtres est Archibald Brewster.

— Quoi, non, ce n'est pas possible. Mais quel était son mobile ?

— Victor Christie, le banquier, ne lui avait pas accordé de crédit pour la transplantation du foie de sa fille. Il l'a tué et a oublié de détruire les archives, tant mieux pour nous. Maria Domenica est une victime collatérale, elle s'est trouvée au mauvais endroit au mauvais moment. Quant à la vidéo-surveillance nous avons pu reconstituer les images manquantes. On y voit clairement Brewster se rendre dans la cellule de Mac Calumn et personne n'était enregistré dans le cahier des présences. Nous devrons aller vérifier qui a omis de le faire à la prison.

— Je vous remercie infiniment Messieurs. Remerciez également vos collègues anglais. Vous vous occuperez ensuite de la presse après votre retour de la prison s'il-vous-plaît ?

— Oui Madame La Procureure ce sera fait. Les documents à charge vont être remis au juge d'instruction Scott Miller, ensuite nous vous enverrons notre rapport. Au revoir Madame la Procureure, dit Mac Kenzie.

— Mais qui a couvert Brewster à la prison ? demanda Robin.

— C'est ce que l'on va découvrir, ne t'inquiète pas. Je vais appeler Black, répondit Mac Kenzie.

Quelques minutes plus tard Edwin Black les accueillit sur le pas de la porte.

— Vous avez fait un excellent travail Messieurs. Merci.

— Mais dites-moi Monsieur Black, qui a couvert la venue d'Archibald Brewster. Un de vos employés était certainement au courant, rétorqua Smith.

— Un moment, je vais voir qui était en poste ce jour là. Ah, je vois c'était Patrick Forest. Je vais lui demander de passer au bureau.

La porte s'ouvrit et devant eux se trouvait un homme d'une cinquantaine d'années.

— Monsieur Forest, voici mon collègue Robin Hard, je suis Arthur Smith de Scotland Yard. Nous aimerions vous poser quelques questions?

— Oui bien sûr, de quoi s'agit-il?

— Monsieur Forest, c'est vous qui étiez en poste le jour où on a retrouvé le cadavre de Jessy Mac Calumn, pourquoi vous ne nous avez rien dit quant à la venue de Brewster sur le lieu du crime.

— Brewster m'a demandé de ne rien dire. Il m'a dit que c'était pour le besoin de l'enquête. Il m'a refilé un billet de 100 dollars. Je lui dois beaucoup, car, quand mon fils s'était fait arrêter pour détention de drogues il avait fermé les yeux.

— Monsieur Forest, c'est Monsieur Brewster qui a assassiné Jessy. Vous risquez de faire de la prison pour détention d'informations importantes non communiquées aux autorités en rapport avec une enquête en cours et acceptation de pots de vin.

— Mais, Mais, j'ai cru…….qu'il venait pour l'enquête en cours.

— Monsieur Forest, vous avez laissé entrer le meurtrier de Jessy dans sa cellule. Trouvez-vous un bon avocat, je vous le conseille, vous en aurez besoin.

Deux agents arrêtèrent Forest et le mirent en détention provisoire. Edwin Black était livide.

— Merci Messieurs, je suis très heureux que vous ayez pu résoudre cette affaire. Je ne sais pas si je serais démis de mes fonctions, je vous assure que je n'étais pas au courant.

— Ne vous inquiétez pas outre mesure, nous allons le stipuler dans notre rapport, rétorqua Mac Kenzie. Au revoir Monsieur Black.

— Merci beaucoup !

— James, Robin, je ne sais pas si vous avez faim, mais il est 13 heures, et moi j'ai l'estomac qui se manifeste !

— Nous aussi, lancèrent James et Robin.

— Je vous invite à la petite brasserie près du commissariat de police, fit Arthur !

— Merci beaucoup, rétorqua Mac Kenzie.

— C'est très sympathique de votre part d'avoir payé la moitié des frais de mon épouse.

— Allons-y.

Dix minutes plus tard nos enquêteurs se trouvèrent assis sur la terrasse de la brasserie. Le portable d'Arthur se mit à sonner.

— Bonjour ma chérie, oui, nous sommes en train de déjeuner. Comment s'est passée ta matinée. ? Ah, tu as aimé ce parc, tant mieux. Ecoute, j'ai une bonne nouvelle à t'annoncer. Nous avons pu identifier l'assassin des trois victimes. Je t'en dirais plus ce soir. Je ne sais pas encore à quelle heure on va rentrer. Moi aussi je t'embrasse. A ce soir chérie.

— Je vais prendre un risotto aux cèpes, fit Robin.

— Et moi je vais prendre une pizza au jambon, rétorqua James

— Je vais prendre un steak frites, dit Arthur.

Soudain le portable d'Arthur sonna une seconde fois. C'était Abbigail.

— Papa, je voulais t'appeler avant d'aller à l'école. Elle avance votre enquête ?

— Oui, ma chérie, nous avons trouvé l'assassin, qui lui, s'est suicidé. Je te raconterais tout dès notre retour. Mais nous restons encore une journée, car nous sommes épuisés.

— Oh, je suis contente de vous revoir, mais quelle vitesse pour résoudre cette affaire, Bravo ! Embrasse Robin de ma part. ! Je t'aime papa. A demain !

— Moi aussi ma chérie, à demain.

— Abbigail t'embrasse, j'espère que Mandy n'est pas jalouse, ahahaha !

— Je vais appeler le *West Australian* comme l'a demandé Madame la Procureure, dit Mac Kenzie. La presse pourra se rendre dans les bureaux de la police.

— James, Robin et moi rédigerons le rapport, ne vous inquiétez pas.

— D'accord Arthur. Je suis très heureux de travailler avec vous deux.

— Nous vous rendons ce compliment, James.

— Nous aimerions jeter un coup d'oeil à la vidéo-surveillance avant que vous ne la remettiez au juge, si vous permettez ?

— Effectivement, fit Robin, on distingue très bien le visage de Brewster.

— Merci James, firent les enquêteurs.

Dès qu'ils eurent terminé leur constat, Mac Kenzie le contrôla, le signa et l'envoya par mail à Madame La Procureure. Il se rendit chez le juge d'instruction pour lui remettre l'original, la lettre d'adieu de Brewster et la vidéo-surveillance. Mac Kenzie téléphona à Madame Christie ainsi qu'à Monsieur

Domenica pour leur confirmer qu'ils liraient le nom du coupable le lendemain dans la presse.

— Merci encore à vous deux. Une enquête bien menée. Bravo ! fit Mac Kenzie.

Vers 19 heures nos enquêteurs se dirigèrent vers le *Perth Palace* où Béatrice les attendait.

— Super travail vous deux, félicitations. Abbi t'a également appelé. Tu lui as dit que l'on restera encore demain, le temps de récupérer un peu. C'est parfait, je vous ferai visiter un peu Perth. J'ai averti ma supérieure que dans 3 jours je serai de nouveau à mon poste. Elle était surprise.

— D'accord Béa et où est-ce que tu nous emmènes ce soir ?

— A une centaine de mètres j'ai découvert une petite pizzeria. Cela vous dit ?

— Bien sûr, allons-y.

Au loin les sirènes des bateaux de Perth retentirent.

Et c'est ainsi que se termina ce triste drame familial ! La maladie, les remords et le suicide avaient emporté toute une famille! Deux personnes innocentes étaient décédées à cause du désespoir d'un agent de police !

MEURTRE A L'HIPPODROME D'EPSOM

Le célèbre jockey Joseph Scott est retrouvé assassiné dans l'écurie auprès de son cheval de course, Golden Heart. Il venait de participer à une course sur le champ d'Epsom.

D'après les premiers éléments de l'enquête, Golden Heart l'aurait piétiné à mort. Etait- ce - un accident fatal?

La médecin-légiste, Mary Colins, découvre après une autopsie minutieuse, qu'un poison mortel lui a été injecté, de la digitaline. Il s'agit donc bel et bien d'un meurtre maquillé en suicide.

Qui avait un motif pour vouloir supprimer le jockey?

Son entraîneur Marc Hill subit le même sort que lui. Pourquoi l'assassin s'en est-il également pris à lui?

Arthur Smith et Robin Hard devront s'investir une fois de plus pour découvrir le meurtrier!

Et ils résoudront cette enquête avec brio.

Il était 7 heures du matin un lundi de novembre. La pluie et la brume étaient au rendez-vous. Une journée d'automne parmi tant d'autres à Londres.

— Bonjour mes chéries, avez-vous bien dormi ? demanda Smith.

— Hum, je me suis réveillée plusieurs fois, répondit Béatrice.

— Moi également, fit Abbigail.

— Ah, je pense que vous réagissez à la pleine lune, dit Smith, en rigolant.

— Bon, passons à table, rétorqua Béatrice. Cinq minutes plus tard, le portable de Smith sonna.

— Allô, c'est Alistair à l'appareil. Désolé de devoir vous appeler d'aussi bonne heure.

— Pas d'inquiétude mon commandant, tout le monde est debout.

— Arthur, s'il-vous-plaît, allez chercher Robin et filez au champ de course d'Epsom, le célèbre jockey, Joseph Scott, vient d'être assassiné! La police scientifique est déjà en route! Robin vous attend! C'est le commandant Louis Mac Laughlin d'Epsom qui m'a appris la nouvelle.

— Quoi, ça alors, très bien on va enquêter dans le milieu hippique. Je m'active. A toute à l'heure.

— Alors papa, qui a été assassiné ?

— Un jockey, Joseph Scott sur l'hippodrome d'Epsom.

— Oh, dommage, je serais bien venue avec vous deux!

— Tu en auras l'occasion dans quelques années Abbi, un peu de patience encore !

— Tiens bois vite ton café, je t'ai beurré ta tartine, je n'aime pas que mon mari parte le ventre vide, répondit Béatrice.

— Merci Béatrice. Que ferais-je sans mes deux femmes? Je serais perdu!

— Papa je prends le bus, ne t'inquiète pas pour moi. Le lycée n'est pas à 100 miles ! Je gère l'aller et le retour.

— Merci Abbi !

— Allez tout le monde, bonne journée, à ce soir !

Les époux s'enlacèrent et embrassèrent Abbigail.

— Bonjour Robin, désolé, j'étais encore en pyjama, j'ai vite avalé une tartine et j'ai fait aussi vite que possible.

— Tu as bien fait Arthur, 30 minutes, c'est le top, ahaha!

— Bon allons-y Robin, le monde hippique nous attend!

Une heure plus tard ils arrivèrent dans l'écurie où le cadavre de Joseph Scott était en train d'être analysé par la médecin-légiste, Mary Colins. Roberta Massoni sécurisait la scène de crime et vérifiait tous les détails qui pourraient aider les policiers à retrouver le meurtrier. Un homme chauve d'une cinquantaine d'années s'avança vers eux. Il fumait sa pipe.

— Bonjour je suis Robert Walter, le gérant de l'hippodrome d'Epsom. C'est moi qui ait découvert le corps de Scott ce matin. Je suis effondré. Si je peux vous aider, venez me voir dans mon bureau en face.

— Bonjour Monsieur Walter, on passera plus tard. Merci beaucoup!

— Bonjour Arthur et Robin, fit Mac Laughlin, merci d'être venus aussi rapidement! C'est un honneur de travailler avec des inspecteurs de Scotland Yard.

— Bonjour, Louis, pas de soucis on va faire tout notre possible pour vous aider, répliqua Arthur.

— Voici Roberta Massoni de la police scientifique, notre nouvelle recrue, et Mary Collins notre médecin-légiste que vous connaissez déjà!

— Bonjour Mesdames.

— Je vous présente Arthur Smith, inspecteur en chef et son collègue Robin Hard, inspecteur de Scotland Yard.

— Alors qu'avez – vous découvert pour l'instant? demanda Arthur.

— Il est évident que *Golden Heart* l'a piétiné, mais ce n'est pas cela qui l'a tué.

— Regardez, il a une petite injection sur la nuque. Je pense qu'il connaissait son assassin, il ne s'est pas méfié et lui a tourné le dos. Le tueur en a profité pour lui faire l'injection mortelle dans la nuque. Je pourrai vous en dire un peu plus après avoir effectué une autopsie.

— A quelle heure la victime est-elle décédée, docteur?

— D'après la rigidité cadavérique, je dirais hier soir entre 20 heures et 22 h 30. Dès que j'aurai les résultats je vous appellerai.

— Madame Massoni, je vois que vous vérifiez déjà s'il y a des empreintes digitales exploitables. Très bien. Nous allons continuer l'enquête et interroger les témoins. Quand ils viendront signer leur déposition, nous les comparerons à celles que vous venez de relever.

— Cela ne veut peut-être rien dire, rétorqua Roberta, car je suppose que tout le monde passe par ici, mais sait-on jamais.

— Merci Madame Massoni.

— Tenez, voici ma carte de visite, cela vous facilitera la tâche Mesdames, proposa Smith.

— Je vous donne carte blanche Messieurs, fit Louis, je retourne au bureau; j'ai une pile de dossiers qui m'attendent et deux agents en maladie.

— C'est partout pareil, ne vous inquiétez pas, nous allons interroger le gérant, Robert Walter et le personnel de l'hippodrome, répondit Arthur.

— N'oubliez pas l'association des jockeys locaux, et les entraîneurs, s'il-vous-plaît, Arthur. Et faites boucler les écuries et la chambre à coucher de la victime, cela vaudra mieux.

— D'accord, Louis, effectivement c'est toute une organisation qui ne nous est pas familière, fit remarquer Arthur.

— T'inquiète Arthur on va s'en sortir, répondit Robin.

— Vous allez vous y habituer, croyez-moi, rétorqua Louis.

— 		A toute à l'heure Louis.

Robin et Arthur entrèrent dans un grand bâtiment où une centaine de tableaux de jockeys se trouvaient aux murs. Ils frappèrent à la porte du bureau de Robert Walter.

— Entrez Messieurs, prenez place, comment puis-je vous aider ?

— Est-ce que Monsieur Scott avait de la famille, était-il marié ? demanda Arthur

— Non, il était orphelin, il est venu tout droit de l'orphelinat chez nous. Il dormait ici depuis l'âge de 18 ans. Cela fait sept ans maintenant. Les courses, les chevaux c'était toute sa vie. Nous avons quelques chambres de disponibles au club, car, quand les jockeys viennent de loin et participent aux courses, ils dorment ici, expliqua Miller. Scott payait son loyer, il était très correct.

— Je vois que c'est bien organisé. Est-ce qu'il avait des ennemis parmi ses collègues? Avez-vous remarqué quelque chose d'anormal ces derniers temps?

— Oh, vous savez entre jockeys c'est tout à fait normal qu'il y ait de la jalousie. Il y avait bien une dispute entre son entraîneur, Marc Hill et Scott, mais c'était rien de bien méchant, je pense.

— Avez-vous entendu de quoi il s'agissait, Monsieur Walter?

— Je n'ai entendu que quelques bribes, il s'agissait de *Golden Heart*, j'ai entendu Scott prononcer son nom. Il adorait son cheval, et c'était réciproque. Scott était un homme sympathique et qui avait du coeur pour son cheval. L'entraîneur voulait qu'il en fasse encore plus; *Golden Heart* avait gagné le Derby d'Epsom en juin et Scott ne voulait pas trop fatiguer son cheval à chaque course. Vous savez tous les jockeys ne sont pas comme Scott. Il y en a qui ne voient que l'argent et la gloire. Mais à part cela, je ne puis vous en dire plus.

— Très bien Monsieur Walter, pourriez-vous nous donner les noms et coordonnées des collègues de la victime, du personnel de l'hippodrome ainsi que du responsable de cette association des jockeys locaux. Nous aimerions discuter avec l'entraîneur de *Golden Heart*, si possible.

— Je vais vous chercher tout ceci. Les coordonnées sont enregistrées dans un listing. En ce qui concerne le responsable du club, c'est à moi que vous devrez vous adresser. Certains jockeys d'Epsom font aussi partie de cette association. Ils contribuent en outre financièrement à l'entretien et frais divers de l'hippodrome. Tout est calculé naturellement en proportion de leurs revenus.

— D'accord, dans ce cas nous aimerions parler à toutes les autres personnes qui sont dans ce cas et aux entraîneurs.

— Très bien, si cela peut vous aider à résoudre l'enquête, je ferai tout mon possible pour vous aider. Un moment s'il-vous-plaît.

— Voici les coordonnées des personnes qui ont connu Joseph Scott et qui étaient présentes hier. J'ai séparé cette liste, de celle de l'association des jockeys. Ce sera plus facile pour vous. En fait, il n'y avait que deux entraîneurs, car certains jockeys s'occupent eux-mêmes de leurs chevaux.

— Merci Monsieur Walter, rétorqua Arthur.

— Nous allons commencer par vous, si vous le permettez.

— Où étiez vous hier soir entre 20 et 22 heures?

— Je suis allé boire une pinte au *King's pub* où j'ai vu quelques uns de mes collègues. Je suis rentré vers 21 heures, ici au club, j'y dors. J'ai regardé un reportage sur la BBC.

— De quel reportage s'agissait-il?

— Un documentaire sur les pyramides d' Egypte.

— Très bien, je vous remercie. Nous allons vérifier vos dires.

— Est-ce que nous pourrions ensuite interroger le personnel des écuries?

— Bien sûr, je vais les appeler tous dans le hall d'entrée, veuillez me suivre. Veuillez prendre place un instant! Il y a une grande table, elle vous sera utile pour interroger notre personnel.

Arthur et Robin attendirent quelques minutes. Soudain la porte s'ouvrit et le personnel entra. Devant eux se trouvaient quatre hommes en tenue de travail.

— Bonjour Messieurs, voici l'inspecteur Robin Hard de Scotland Yard, je suis l'inspecteur en chef, Arthur Smith. Toutes nos condoléances pour le décès de votre collègue Nous aimerions vous poser quelques questions au sujet de la mort de Monsieur Joseph Scott. Veuillez prendre place s'il-vous-plaît.

— Nous allons commencer par vous, Monsieur ?

— Je suis Marco Callaghan, je suis responsable, ainsi que mes collègues du nettoyage des box de chevaux. Nous devons les nourrir, les brosser et les sortir quand les entraîneurs nous le demandent. Nous avons entendu ce qui c'est passé avec Joseph Scott. C'était un chic type, pas arrogant, très simple. Il avait toujours un mot gentil pour chacun de nous. C'est très rare vous savez, le monde hippique est spécial et on ne nous respecte pas toujours.

— Monsieur Callaghan, avez-vous remarqué quelque chose d'anormal ces derniers temps? Est-ce que le comportement de Monsieur Scott avait changé?

— Oui effectivement j'ai vu, il y a environ une semaine, qu'il s'était disputé avec Marc Hill, son entraîneur. Malheureusement je n'ai pas entendu leur conversation

— Ou étiez vous hier soir entre 20 et 22 heures?

— Mes collègues présents peuvent le confirmer, nous étions tous les quatre au *Kings pub*. Il est situé à deux kilomètres d'ici. Si vous voulez vous pouvez interroger le propriétaire, Marc Sotherby. Nous sommes rentrés aux environs de 23 heures.

Smith et Hard auditionnèrent encore les trois autres membres du personnel, Daniel Roberts, Michael Mac Milan et Barry Saint Clair.. Ceux-ci confirmèrent en effet leur soirée passée au *Kings pub*. Ils n'avaient, hélas pas pu renseigner les enquêteurs sur des faits ou détails concernant la victime.

— Nous allons vérifier vos dires Messieurs, ensuite vous voudrez bien passer au commissariat demain matin à 9 heures pour signer vos dépositions, rétorqua Smith.

— D'accord firent les quatre compères.

— Arthur je vais appeler ce Sotherby de suite.

— A tout de suite Robin.

— Arthur, j'ai eu le patron du *Kings pub* au téléphone. Il certifie effectivement que Monsieur Walter et le personnel des écuries étaient chez lui. Walter est parti vers 21 heures. Sotherby viendra demain matin signer sa déposition au commissariat.

Ensuite Arthur s'adressa à Walter.

— Monsieur Walter, pourrions nous s'il-vous-plaît auditionner les jockeys qui ont côtoyé la victime et qui sont également membres de votre association ainsi que les entraîneurs présents hier! Ah, j'oubliais, quel est le montant du salaire mensuel d'un jockey? Pouvez-vous nous donner une indication?

— Tout dépend du montant total de la dotation, de la discipline et de la place que le jockey occupe lors de l'arrivée. Environ 5% du prix concouru au trot, 10% au galop et environ entre 8 et 9% pour l'obstacle. Un bon jockey peut gagner beaucoup d'argent; s'il participe à environ 8 courses par jour et qu'il se place pour un quinté entre les 5 premiers et pour le trot dans les 7 premiers, il pourra toucher un montant d'environ 2.500 Livres. Ce n'est pas négligeable. Scott était un génie grâce à *Golden Heart*.

— Oh ce n'est pas rien, mais il faut aussi que la chance soit au rendez-vous, répliqua Robin.

— Oui c'est exact, certains jockeys requièrent même des salaires de base fixe, mais cela se fait plus en

France qu'ici. En ce qui concerne les jockeys et entraîneurs, ils sont présents, je vais les appeler. Mon assistante va vous préparer un café si vous le souhaitez?

— Bien volontiers, répondirent les enquêteurs.

Quatre jockeys firent leur apparition. Ils ne portaient pas leurs habits de courses, mais ceux d'entraînement, des leggings et sous-pulls. Ils avaient déposé leurs casques et blousons à l'entrée.

— Bonjour Messieurs, voici l'inspecteur Robin Hard, je suis l'inspecteur en chef, Arthur Smith. Tout d'abord nous vous présentons nos sincères condoléances au sujet de la mort de votre collègue et ami. Nous aimerions vous interroger à ce sujet. Comme vous l'avez certainement appris par Monsieur Walter, le corps de Monsieur Scott a été découvert ce matin et nous avons toutes les raisons de penser qu'il ne s'agit pas d'une mort naturelle ou provoquée par son cheval, *Golden Heart*. Merci de décliner votre identité et veuillez préciser où vous étiez hier soir entre vingt heures et vingt deux heures. Commençons par vous Monsieur?

— Je suis Peter Talylor; Joseph et moi avions le même âge, 25 ans. Nous partagions la même passion, nous nous entendions bien. Mon enfance était néanmoins beaucoup moins difficile que la sienne. Mes parents sont propriétaires d'une pharmacie qui marche très bien. En ce qui concerne mon alibi, j'étais avec ma femme au restaurant *AL DIVINO*. Nous sommes sortis du restaurant vers 22 heures. Je vais vous inscrire le numéro de ma femme sur un papier ainsi que celui du restaurant.. Ainsi vous pourrez vérifier.

— Monsieur Taylor, connaissiez-vous des ennemis à votre ami? demanda Smith. Est-ce que quelqu'un lui en voulait? Vous a t-il parlé de quelque chose qui le tracassait?

— Non, je vous assure, Monsieur l'inspecteur en chef, il ne m'a rien confié, mais j'avais remarqué que quelque chose occupait son esprit. Il était devenu plus renfermé. Je lui ai demandé ce qu'il avait, mais il m'avait assuré que tout allait parfaitement bien. Il m'a dit qu'il était très fatigué, c'est tout.

— Bien Monsieur Taylor, nous allons vérifier votre alibi, ensuite vous viendrez avec votre épouse et vos collègues signer votre déposition demain matin au commissariat d'Epsom, disons vers 10 heures, répondit Smith.

— D'accord inspecteur.

Le second jockey s'adressa à Smith

— Bonjour, je suis Samuel Brown. J'étais choqué d'apprendre la mort de Joseph ce matin. C'était un type gentil, sans histoires. Nous étions collègues et nous nous respections.

— Avez-vous remarqué quelque chose d'anormal, même si c'était juste un détail. Ceci nous aiderait dans notre enquête, demanda Robin. Ensuite pourriez-vous nous dire où vous étiez hier soir entre 20 heures et 22 heures, s'il-vous-plaît?

— Non je ne vois pas, désolé. Je ne puis vous aider. Je n'ai rien remarqué d'anormal. Hier soir j'étais chez moi à la maison avec ma femme Kate. Ah, j'oubliais, mon ami Jake Evans et son épouse sont venus dîner également à la maison. Jack est jockey tout comme moi, et nous sommes amis. Ils sont partis aux environs de 22 h 30.

— Merci pour ces informations, répliqua Smith. S'il vous revenait en mémoire un détail même insignifiant, voici ma carte, appelez-moi s'il-vous-plaît! Monsieur Brown, vous viendrez avec votre épouse et vos autres collègues demain matin vers 10 heures au commissariat d'Epsom signer votre déposition? Mais auparavant nous allons vérifier votre alibi.

— Bien sûr, aucun problème!

Le troisième jockey se présenta à eux!

— Bonjour je suis Jake Evans. Je ne peux pas y croire. Qui a pu faire une chose pareille? Joseph était un type empathique qui ne faisait de mal à personne. Comment puis-je vous aider?

— Monsieur Brown nous a signalé que vous et votre épouse étiez chez eux à la maison hier soir pour le dîner! Pouvez-vous confirmer ses dires? demanda Smith.

— Oui inspecteur en chef, c'est exact, ma femme pourra vous le redire, je vous note son numéro de portable. Ellen travaille à la maternité d' Epsom.

— Monsieur Evans avez-vous remarqué quelque chose d'inhabituel chez votre collègue ces derniers temps?

— Oui, il y a deux semaines de cela, Joseph a fait un petit malaise dans les écuries. Il était blanc comme un linge. Quand je lui ai demandé ce qu'il avait, il m'a dit que c'était un mal de tête et la fatigue qui le faisaient souffrir, mais que ce n'était rien de grave. Il était passé à l'infirmerie ensuite. Après cela nous n'en avons plus parlé. Je ne sais pas si ceci a un rapport avec l'enquête, mais bon j'ai préféré vous en parler.

— Merci Monsieur Evans. Nous allons approfondir cette piste. Veuillez vous présenter demain au commissariat à 10 heures pour signer votre déposition avec vos collègues les jockeys et votre épouse.

— D'accord aucun souci.

Le dernier jockey déclina son identité:

— Bonjour Messieurs. Je suis Keith Jones. Quelle triste nouvelle. Joseph était une personne sympathique qui ne faisait de mal à personne. Je ne comprends vraiment pas comment il pouvait avoir des ennemis. Pour mon alibi, j'étais au *Kings pub* jusqu'à 22 heures. J'ai bu quelques pintes avec l'équipe des écuries, ensuite je suis rentré chez moi. Ma femme Bridget était déjà endormie, mais elle m'a entendu quand je suis rentré dans la chambre à coucher. Elle pourra vous le confirmer.

— Bien Monsieur Jones, répondit Robin. Nous allons vérifier vos dires. Avez-vous observé quelque chose qui pourrait faire avancer notre enquête?

— Non, je suis désolé, je ne peux pas vous aider, c'est dommage.

— Voici ma carte de visite, fit Robin, si jamais un détail, même insignifiant vous viendrait en mémoire. Vous viendrez demain à dix heures signer votre déposition avec votre épouse. Merci

— D'accord.

Smith regarda sa montre. Il était midi.

— Monsieur Walter, nous allons revenir après le déjeuner. Nous interrogerons ensuite les entraîneurs! Nous serons de retour pour 14 heures au plus tard.

— Bien sûr Messieurs. Je vais leur dire que vous allez repasser cet après-midi. Je pense que tout le monde a faim également. Ils sont présents toute la journée.

— A tout de suite, Monsieur Walter.

Les enquêteurs se dirigèrent vers leur voiture.

— Qu'en penses-tu Robin? Quel est ton ressenti?

— Oh Arthur, c'est un monde étrange et opaque. Les mobiles peuvent être divers, l'argent, la jalousie, pourquoi cette dispute entre la victime et son entraîneur? Ensuite le malaise de Joseph. Je sens que l'enquête ne sera pas facile.

— Robin, je suis de ton avis, nous procéderons par élimination, ensuite nous découvrirons les vraies raisons du meurtre de Scott. En effet, ce monde ne nous est pas familier, mais à nous de résoudre tout cela au plus vite!

Soudain le portable de Smith sonna.

— Bonjour inspecteur Smith, c'est Mary Colins. J'ai les premiers résultats de l'autopsie. La victime a été empoisonnée par injection de digitaline. Je vais continuer l'autopsie. Ah, encore autre chose, le jockey devait prendre des produits dopants, le foie n'est pas dans un très bon état. Je vous transmettrai le rapport complet demain matin.

— Merci docteur Colins pour ces premières informations.

— Elle t'a dit quoi la médecin-légiste?

— Joseph a été empoisonné par injection de digitaline. Ensuite la médecin-légiste a trouvé son foie en mauvais état. Elle pense qu'il prenait des produits dopants.

— C'est peut-être la cause de la dispute qui avait éclaté entre lui et son entraîneur? rétorqua Robin. Et cela pourrait être la raison de son malaise! Mon Dieu ces produits dopants, on ne trouve bientôt plus aucune discipline sportive sur terre qui ne soit pas impliquée dans un tel scandale.

— Bonnes déductions Robin, viens j'ai aperçu une petite auberge, en bas près de cette falaise quand on est monté. Je pense que nous y trouverons quelque chose à manger.

— D'accord Arthur, allons-y.

A peine Arthur avait-il arrêté le moteur que son portable sonna!

— Oui Béatrice, nous sommes en pause, on va déjeuner. L'enquête débute seulement et le monde hippique est assez complexe et opaque. Non, je ne sais pas quand je vais rentrer ce soir. Nous devons encore rédiger les procès – verbaux pour les faire signer aux témoins demain matin. Ensuite je t'appellerai! Et toi comment cela se passe à l'hôpital? Oh, un jeune gars avec la leucémie, c'est triste. Tu dois travailler une heure en plus. Est ce qu' Abbi est au courant ? Bon, je vais l'appeler de suite, ne t'inquiète pas. Je ramènerai également quelque chose à manger, j'ai vu qu'il y a une boucherie non loin d'ici. J'irai faire quelques courses pour trois jours. Moi aussi je t'embrasse. A ce soir ma chérie.

— Elle va bien Béatrice, Arthur?

— Oui Robin, ils ont du personnel en maladie et en ce moment ils ont un jeune malade qui a la leucémie. Béatrice tout comme nous, doit travailler une heure de plus. Le patient ne va pas bien du tout. Je vais encore appeler Abbigail. Je connais ma fille, à 12 ans elle est très autonome, et tant mieux. Je te rejoins Robin, rentre déjà à l'auberge.

— D'accord Arthur, je t'attends à l'intérieur.

Après quelques minutes, Arthur s'assit en face de Robin. La carte de menu était déjà sur la table.

— Je vais prendre un steak frites, fit Robin.

— Et moi un trio de pâtes, répondit Arthur.

— Alors Robin, comment cela se passe avec Mandy?

— Nous nous fréquentons maintenant depuis six mois et je suis heureux de te dire que tout va pour le mieux. Je vais la demander en mariage pour Noël, Arthur.

— Mais je suis ravi Robin que tu aies trouvé la femme de ta vie, c'est une bonne nouvelle!

On n'entendit plus que les cliquetis de leurs couteaux et fourchettes. Les tables de la brasserie étaient couvertes de nappes carrées vertes et blanches. Au mur pendait un vieux coucou qui marchait encore. Le patron devait avoir une cinquantaine d'années. La serveuse devait avoir le même âge et semblait être sa femme.

— Bon, nous allons passer à côté de la boucherie Arthur, j'ai entendu la conversation.

— Oui, on s'arrête dix minutes, de toute façon il ne fait pas chaud, le jambon et les steaks ne vont pas tourner à cause de la chaleur.

Vingt minutes plus tard nos enquêteurs se retrouvaient de nouveau sur l'hippodrome.

— Bonjour Messieurs, fit Walter, j'espère que ce meurtre abjecte ne vous a pas coupé l'appétit? Que pensez-vous de toute cette histoire?

— Pour l'instant, Monsieur, c'est encore assez confus. La médecin-légiste m'a appelé. Votre jockey a été assassiné par injection de digitaline. Le rapport a révélé en outre que Monsieur Scott prenait des produits dopants. Nous attendons encore le rapport complet demain matin, répondit Smith

— Mince, quelle nouvelle. Une histoire de dopage à Epsom, vous vous rendez compte si cela venait à se savoir; cette histoire peut nous ruiner. Je vous assure que je n'étais pas au courant.

— Monsieur Walter, nous essayerons de ne pas ébruiter cette affaire pour la réputation de l'hippodrome, mais nous devons la résoudre. Il nous faudrait donc la collaboration de l'entraîneur de *Golden Heart*, Monsieur Hill, puis celle des entraîneurs de Taylor, Brown et Jones.

— Bien sûr je comprends, je vais les appeler. Il n'y a que Jones qui a un entraîneur, les autres jockeys n'en ont pas. C'est courant Messieurs, tous les jockeys ne peuvent se permettre d'avoir un entraîneur, car ils n'ont pas le niveau de Joseph Scott.

— Vous désirez un thé ou un café en attendant? Vous pourrez vous installer à nouveau dans le hall à la même table si vous le souhaitez.

— Oui deux cafés s'il-vous-plaît, répondit Smith. Merci c'est très aimable.

Quelques minutes plus tard, Hill entra. C'était un homme trapu. De vieilles lunettes rondes qui ornaient un nez pointu ne rendaient pas son visage plus sympathique pour autant.

— Bonjour Monsieur Hill, voici mon collègue Robin Hard, et moi-même, Arthur Smith de Scotland Yard. Tout d'abord nous vous présentons nos sincères condoléances quant à la mort de Joseph Scott.

— Bonjour Messieurs, répondit une vaux rauque. Merci. J'espère que vous allez attraper cette pourriture qui a assassiné Joseph. Je n'en reviens pas.

— Monsieur Hill, continua Arthur, des témoins nous ont appris que vous aviez un différent avec Monsieur Scott. De quelle nature était-il?

— Joseph pouvait faire beaucoup mieux avec *GOLDEN HEART,* mais allait rarement au bout de ses capacités. Cela pouvait me mettre en rage. Mais ce n'est pas pour cela que je l'ai supprimé. J'étais peut-être trop exigent avec lui. Je suis triste maintenant, je me fait des reproches.

— Saviez-vous que Monsieur Scott prenait des produits dopants L'autopsie l'a révélé!

— Quoi, mais c'est impossible, je n'en savais rien, je vous l'assure.

— Nous traiterons ceci avec discrétion pour ne pas ruiner la réputation d'Epsom, ne vous inquiétez pas.

— Merci.

Hill semblait un peu apaisé.

— Pourriez-vous nous dire qui aurait pu en vouloir à Monsieur Scott? Avait-il des ennemis, des dettes?

— Joseph était un pacifiste, je ne vois pas qui aurait pu lui en vouloir, désolé inspecteur. En ce qui concerne sa vie privée, il la passait le plus souvent sur l'hippodrome, car il dormait ici. Il n'avait pas de famille.

— Oui, nous sommes au courant. Ou étiez-vous hier soir, entre 20 heures et 22 heures?

— Quoi, vous me suspectez maintenant? Mais je rêve, hurla Hill.

— Monsieur Hill, nous ne faisons que notre travail. Veuillez répondre!

— J'étais à la Pizzeria *CHEZ TONY* avec mon épouse Elisabeth et ma fille Susie. Nous sommes rentrés aux environs de 22 h 30.

— Merci Monsieur Hill. Nous allons vérifier. Veuillez me communiquer le numéro de téléphone de la Pizzeria s'il – vous- plaît! Ensuite nous vous demanderons de venir signer votre déposition avec votre épouse et vos collègues demain matin au commissariat d'Epsom à 10 heures. S'il vous revenait en mémoire un détail, n'hésitez pas à m'appeler, voici ma carte de visite.

— D'accord, à demain Messieurs. Trouvez vite cette ordure qui a fait cela.

— Monsieur Hill, pourriez-vous dire à Monsieur Mac Arthur que nous aimerions l'interroger à son tour?

— Certainement, au revoir, à demain Messieurs.

— Bonjour Monsieur Mac Arthur, voici mon collègue Robin Hard, inspecteur, je suis l'inspecteur en chef Arthur Smith. Nos condoléances pour la disparition de Monsieur Scott.

— J'étais stupéfait d'apprendre la mort de Joseph. C'était un gars gentil, sans histoires. Je me demande qui a pu faire cela.

— Vous êtes bien l'entraîneur de Monsieur Jones?

— Oui c'est exact.

— Est-ce que vous croyez que notre victime avait des ennemis?

— Non, pas que je sache. Scott était un gars gentil et pas arrogant.

— Où étiez-vous hier soir entre vingt heures et vingt deux heures?

— Chez moi, à la maison. Mais vous pensez que j'ai supprimé Joseph?

— Monsieur Mac Arthur, nous ne faisons que notre travail et pour vous rayer de la liste des suspects, ceci est inévitable. Est-ce que quelqu'un peut certifier vos dires?

— J'ai sorti ma poubelle vers 20 heures et j'ai discuté un peu avec mes voisins. Ils promenaient leur chien. Ils sont venus boire un verre à la maison et sont restés jusqu'à 21 heures. Ensuite j'ai regardé la télévision. Il y avait un reportage sur l' Egypte sur la BBC, puis je me suis couché aux environs de 23 heures.

— Pourriez-vous nous donner le numéro de téléphone de vos voisins, s'il-vous-plaît?

— Bien sûr, le voici.

— Merci de venir signer votre déposition demain matin à 10 heures au commissariat d' Epsom avec vos collègues et vos voisins !

— Oui certainement.

— Au revoir Messieurs à demain, répondit Mac Arthur.

— Monsieur Walter, dit Arthur, vous viendrez signer votre déposition demain matin à 10 heures avec vos collègues?

— Oui Messieurs, comptez sur moi. A demain. Merci!

Robin regarda sur sa montre. Il était seize heures.

— Arthur, je vais vérifier les alibis de Hill et de Mac Arthur. Si tu veux bien m'attendre quelques minutes. Ah, encore une chose? Pourquoi n'as-tu pas révélé à Mac Arthur que Scott prenait des produits dopants?

— Tu sais Robin, nous avons promis d'être discrets, donc ce n'est pas nécessaire de trop ébruiter la chose.

— Mais si Joseph avait reçu les produits dopants d'un collègue ou d'un entraîneur?

— Ne t'inquiète pas Robin, je vais demander un mandat de perquisition chez Monsieur le Procureur, William Masters. Notre équipe scientifique va fouiller les écuries et le reste de fond en comble. Je vais l'appeler. Entre temps je te laisse contacter les témoins.

Une dizaine de minutes plus tard nos enquêteurs quittèrent les lieux.

— Nous allons passer chez Monsieur le Procureur, il est présent, fit Arthur.

Ils se trouvaient devant une vieille bâtisse de l'époque victorienne.

— Bonjour Monsieur le Procureur.

— Bonjour Arthur, Bonjour Robin.

— Alors comment se présente cette affaire ?

— D'après les premiers éléments de l'enquête, notre jockey, Joseph Scott, a été empoisonné. L'assassin lui a injecté de la digitaline. Le meurtrier l'a surpris dans le box de *Golden Heart,* mais il a voulu nous faire croire que le cheval avait piétiné son maître à mort. La médecin-légiste Madame Colins nous a révélé que le corps de la victime présentait des résidus de produits dopants. Son foie était malade. Nous avons interrogé Monsieur Walter, le gérant de l'hippodrome, il n'en revenait pas, il craint pour la réputation de l'hippodrome. Nous lui avons assuré notre discrétion mais nous devons continuer l'enquête. L'entraîneur, Marc Hill semblait également très surpris de cette nouvelle. Tous les proches collègues de notre jockey, les deux entraîneurs Hill et Mac Arthur et le personnel des écuries ont été interrogés. On nous a révélé que Scott et Hill semblaient s'être disputés. Mais Hill a prétendu que Scott ménageait trop *Golden Heart*, et qu'il pouvait donner beaucoup plus. Nous avons terminé les interrogatoires et vérifié les alibis de certaines personnes. Ils vont tous venir demain matin signer leur déposition respective. La police scientifique a déjà fait son travail. La scène de crime est sécurisée ainsi que la chambre de Joseph Scott. Ce dernier vivait dans la bâtisse du club hippique.

— Merci Messieurs, voici le mandat signé, je vous souhaite bonne chance. Je vous fait confiance! Tenez-moi au courant.

— Merci Monsieur le Procureur, dès que nous avons du nouveau je vous appelle de suite.

— Au revoir Messieurs.

— A bientôt Monsieur le Procureur.

Smith et Hard partirent pour le bureau de la police locale. Ils virent brièvement Louis Mac Laughlin pour lui demander l'aide de deux agents pour fouiller les lieux du crime le lendemain. Louis leur remit le portable de Joseph. Ensuite ils se mirent à rédiger les procès-verbaux des personnes interrogées.

— Le clocher sonna 19 heures.

— Bon, nous n'allons plus rien découvrir ce soir, lança Arthur. Nous allons rentrer.

— Tu as terminé tes rapports?

— Oui Arthur. Mais quelle affaire. C'est un monde étrange. Tu te rends compte, comment peut-on tuer quelqu'un pour une course!?

— Robin, tu sais bien ce qu'un assassin est capable de faire, les motifs sont nombreux.

— Je vais fouiller les comptes bancaires et le portable de Scott, répondit Robin. Qui sait ce que l'on va découvrir.

— Au revoir Robin à demain. Passe le bonjour à Mandy.

— Merci Arthur, embrasse Abbigail et Béatrice pour moi, à demain.

Trente minutes plus tard Smith rentra sa voiture au garage.

— Bonjour papa, comment c'est passé ta journée ?

Abbigail se rua dans les bras de son père.

— Abbi ma chérie, Robin et moi devons enquêter dans un milieu qui ne nous est pas familier. C'est compliqué, mais sois rassurée, nous ferons tout notre possible pour trouver l'assassin du jockey. Où est maman?

— Elle est en train de mettre la table. Elle est triste, je suis inquiète papa.

— Béatrice, ma chérie, j'ai ramené de quoi manger, il n'y a plus qu'à s'asseoir.

— Comment c'est passé ta journée ?

— Oh Arthur, il y a un petit garçon de dix ans qui est mort ce matin. Il avait la leucémie. Je le voyais assez régulièrement. Il était souvent hospitalisé. Je n'ai pas trop le moral. On a beau dire de ne pas s'attacher aux patients, mais bon.

— Et si nous ouvrions une bouteille de Saint Emilion? J'adore ce vin français.

— C'est une bonne idée. Cela me fera oublier toutes les maladies qui frappent des innocents.

— Et votre enquête?

— Je viens d'expliquer à Abbi que nous devons enquêter dans un milieu qui nous est étrange, mais je reste positif.

— Et toi Abbigail, comment c'est passé ton interrogation en mathématiques.

— Hum, papa, je pense avoir une note correcte cette fois ci.

— Très bien, au moins tes cours privés ont servi à quelque chose.

Athur aida Béatrice à débarrasser la vaisselle. Il balaya la cuisine et se dirigea vers le sèche linge pour le vider et tout plier.

— Papa, j'aimerais me marier un jour avec un homme qui m'aide comme toi.

— C'est normal Abbi, maman travaille, et aujourd'hui elle avait du chagrin.

— Qu'y a-t-il à la télé ce soir?

— Un vieux film d'Agatha Christie, «*Murder Ahoii* » avec Margareth Rutherford, répondit Abbi. Cela ne fait rien si le film est en noir et blanc, j'adore cette vieille dame.

— Qu'est-ce que vous complotez tous les deux? demanda Béatrice.

— On s'est mis d'accord pour le programme à la télévision.

— Et moi je n'ai pas mon mot à dire.

— Mais bien sûr maman, tu aimes également les films d'Agatha Christie, non?

— Bon, on y va pour ce programme.

Deux heures plus tard, les lumières s'éteignirent dans la maison des Smith. Au loin on entendait la cri de la chouette.

Robin de son côté rejoignit son amie Mandy. Il lui raconta sa dure journée avec Arthur. Il vit que Mandy avait la tête ailleurs.

— Que se passe-t-il, tu as l'air absente chérie?

— Je dois te dire quelque chose Robin. J'ai rencontré un autre homme il y a un mois. Ce n'était pas prévu, je ne veux pas te faire de mal, mais hélas c'est arrivé. Je ne veux plus continuer ainsi, c'est préférable que l'on se sépare. Et je supporte très mal tes absences.

— Comment? Je n'ai rien vu arriver, bon sang. De mes absences on en avait longuement parlé, c'est dommage, car moi je t'aime.

— Désolée Robin, j'ai fait mon choix. Ne m'appelle plus, c'est mieux ainsi.

— Bon, je vois que tu as prix ta décision. C'est un choc pour moi. Je te souhaite bonne chance, et moi qui voulait te demander en mariage pour Noël, quel aveugle j'étais!

— Au revoir Mandy, je souhaite que cet homme te rende heureuse.

— Au revoir Robin, nous avons passé de bons moments ensemble, mais tu trouveras chaussure à ton pied, j'en suis certaine.

Robin sortit de l'appartement blanc comme un linge. Heureusement qu'il avait gardé son appartement, car il n'avait rien vu venir. Il avait toujours essayé de la voir le plus souvent possible, mais c'est vrai qu'avec Arthur, ils travaillaient beaucoup. Qui pouvait bien être le nouveau petit ami de Mandy? Il rentra chez lui, prit un somnifère et essaya de dormir. Une larme coulait sur ses joues.

Le lendemain à huit heures tapantes Arthur entra dans le bureau qui leur avait été affecté par Louis. Devant lui était assis Robin, les yeux tristes et cernés, le visage très pâle.

— Oh Robin, tu es malade, que se passe-t-il?

— Mandy m'a quitté pour un autre homme, je n'ai rien vu venir. Et moi qui voulais l'épouser, mais tu te rends compte? Ensuite elle m'a reproché mes absences.

— Tu viens dîner à la maison ce soir, mes deux femmes vont être ravies.

— Mais je ne veux pas vous créer de travail.

— Ne t'en fait pas. En route nous allons commander des pizzas. Robin tu trouveras une autre jeune femme qui t'aimera.. C'est étrange quand même, soit.......

— Et Abbi et Béatrice, comment vont-elles?

— Un petit garçon est décédé d'une leucémie à l'hôpital et Béatrice est triste. Viens on va se concentrer sur notre travail; ça ira Robin, sinon je continue seul aujourd'hui?

— T'inquiète Arthur, il vaut mieux que je travaille, cela m'évitera de ruminer!

— N'oublie pas de prendre les empreintes de tous les témoins aujourd'hui avant de leur faire signer leur déposition, d'accord?

— Je n'oublie pas Arthur, promis.

— Bonjour Messieurs, fit Louis. Alors comment ça va? J'espère que vous trouverez celui ou celle qui a fait cela. Je vous laisse travailler. Mes hommes ont coffré une bande de braqueurs, cette nuit, je vous retrouve tout à l'heure.

— Ils n'ont pas assez de personnel, fit Arthur.

— Et Roberta Massoni qui doit travailler seule à la scientifique, c'est également un peu trop, je trouve, rétorqua Robin.

Entre 9 et 10 heures tous les témoins, incluant personnel d'écurie, jockeys, les épouses, entraîneurs et le gérant étaient venus signer leur déposition. Tous leurs alibis avaient été vérifiés.

Soudain le portable de Smith sonna.

— Bonjour Monsieur l'inspecteur en chef. C'est Roberta Massoni à l'appareil. J'ai trouvé le produit dopant. C'est du *FIT NET,* un stéroïde anabolisant puissant. Je vais essayer de trouver d'où provient ce produit. Je n'ai pas encore complètement terminé la fouille. Je contrôle également son ordinateur. Si j'ai des soucis, mes collègues de l'informatique s'en occuperont.

— Merci Madame Massoni. Dès qu'il y a du nouveau appelez-moi.

— Ah, Messieurs Walter et Hill j'ai encore des questions à vous poser. Pour les autres vous pouvez rentrer. Ne quittez pas Epsom, nous aurions peut-être des questions supplémentaires à vous poser. Veuillez rester à la disposition de la justice. Merci.

— Bon, je vais être bref, la police scientifique a découvert le produit dopant, c'est un puissant stéroïde anabolisant, il s'appelle *FIT NET* Avez-vous une idée où Scott aurait pu se le procurer?

— Non, répondit Hill, je ne vois pas. C'est étrange, je n'ai rien remarqué.

— Moi non plus, je ne saurai pas vous dire où il s'est procuré ce poison, répliqua Walter.

— Cela ne nous aide pas beaucoup, soit, s'il vous revenait en mémoire un détail, si minime soit-il, n'hésitez pas à m'appeler.

— On n'y manquera pas inspecteur Smith. Au revoir.

Les inspecteurs reprirent le chemin du retour.

— Robin, as-tu déjà vérifié la liste téléphonique des appels de Scott?

— Oui, et tiens – toi bien, le dernier appel qu'il a passé était pour Mac Arthur. Pour les comptes bancaires, je suis en train de vérifier. Quant aux autres appels, il en a passé à Hill régulièrement, mais bon, c'était son entraîneur. Sinon je ne vois rien de suspect.

— Si tu n'y arrives pas avec les comptes bancaires, on demandera de l'aide.

— C'est étrange, Mac Arthur, pourquoi lui, il n'était pas son entraîneur. On doit repasser à Epsom, puis nous aiderons Madame Massoni à trouver où Scott aurait pu se procurer ce produit dopant.

— Bonjour Messieurs, que puis-je faire pour vous? Avez – vous des questions supplémentaires?

— Oui Monsieur Walter auriez – vous l'amabilité d'appeler Monsieur Mac Arthur ? Nous devons lui parler.

— Bien sûr, un moment.

— Bonjour Messieurs, encore vous, fit un Mac Arthur irrité. Pourquoi vous acharner sur moi, je n'ai pas assassiné Joseph!

— Monsieur Mac Arthur, nous avons analysé les appels téléphoniques de Joseph Scott et nous avons vu que la dernière connexion correspondait à votre numéro. Pouvez-vous nous expliquer pourquoi?

— Ecoutez c'est personnel.

— Quand il s'agit d'un meurtre rien n'est personnel, Monsieur Mac Arthur, rétorqua Arthur.

— Joseph voulait changer d'entraîneur, il en avait assez de Hill, voilà pourquoi. Et je peux le comprendre, il voulait me voir le lendemain en privé.

— Et pourquoi voulait-il changer d'entraîneur ?

— Hill était sans arrêt derrière lui, il voulait qu'il en fasse toujours plus et Joseph n'en pouvait plus. Il faisait le maximum avec *Golden Heart.* Joseph prenait soin de son cheval, car pour lui c'était primordial.

— Etiez – vous au courant que Joseph prenait des produits dopants?

— Non, absolument pas, mais maintenant que vous le dites, ce n'était pas si improbable. Les derniers temps il se plaignait de mal de ventre et il était très pâle. C'est Hill qui lui a donné cette saloperie?

— Nous n'en savons rien Monsieur Mac Arthur, l'enquête suit son cours. Nous avons promis de ne pas ternir la renommée de l'hippodrome, mais nous sommes obligés de continuer notre enquête. Nous vous prions de rester discret quant au contenu de notre discussion. Merci!

— Bien sûr, vous pouvez compter sur moi, dommage, j'aurai tellement aimé entraîner *Golden Heart.* C'est un pure sang arabe de 4 ans et je sais qu'il va gagner encore de nombreuses courses. Il aime travailler, mais de là à le pousser de plus en plus loin, ce n'est pas dans mes cordes, car moi aussi j'adore les chevaux.

— Auriez-vous l'amabilité d'appeler Monsieur Hill, nous devons l'interroger également.

— D'accord je vous l'appelle.

— Bonjour Monsieur Hill. Nous aurions encore quelques questions à vous poser ?

— Bien sûr, allez-y Messieurs!

— Monsieur Hill, étiez-vous au courant que Joseph Scott voulait changer d'entraîneur?

— Oui, il me l'avait dit le jour avant son décès.

— Et pourquoi ne pas l'avoir dit lors de l'interrogatoire?

— Cela aurait fait de moi un suspect idéal, non?

— Non, mais maintenant oui.

— J'ai un alibi, vous pouvez revérifier avec mon épouse. Je n'ai pas supprimé Joseph, je l'aimais comme un fils. Je reconnais avoir été trop dur avec lui, oui.

— Monsieur Hill, votre épouse pouvait vous fournir un alibi de complaisance!

— Ah, et maintenant, en plus, nous sommes des menteurs. C'est la meilleure!

— Monsieur Hill, nous envisageons des possibilités, c'est tout, ensuite nous enquêtons. Si vous vouliez être rayé de la liste des suspects, il aurait fallu jouer cartes sur table tout de suite. Ce délit s'appelle « entrave à une enquête en cours ».

— Messieurs, je vous jure sur la tête de ma femme, que maintenant je vous ai dit la vérité.

— Bon, nous allons parler à votre épouse. En attendant, vous restez à la disposition de la justice, ne vous éloignez pas d' Epsom. Ais-je été assez clair ?

— Oui, on ne peut plus clair, d'accord. Vous ne m'arrêtez pas?

— Non, pas pour le moment.

— Au revoir Monsieur Hill.

— Merci. Au revoir Messieurs.

— Qu'en penses-tu Arthur? Apparemment les deux entraîneurs n'étaient pas au courant pour le dopage.

— Attendons les conclusions de la police scientifique.

— Allons voir Roberta Massoni. On lui demandera si elle a déjà des indications au sujet de la provenance de ce *FIT NET*. Nous allons nous arrêter en route, il est treize heures et je pense que l'on mérite un petit encas.

— Je suis de ton avis Arthur, et si allions chez *Tony,* c'est une Pizzeria à côté de l'auberge où nous avons déjeuné hier.

— D'accord Robin, on y va.

Le serveur leur désigna une table au fond de la salle. Soudain Robin eu un choc. Devant eux était assise Mandy avec un homme plus âgé qu'elle. Ils les saluèrent poliment et s'assirent.

— Oh Arthur!

— Oui, j'ai vu Robin. Tu le connais?

— Non, et toi?

— Oui, c'est le directeur de la Bibliothèque Nationale d'Euston Road, Martin Conors. Je le connais de nom seulement; Béatrice et moi étions un jour invités au restaurant par le chef de l'hôpital où elle travaille. Ce dernier a parlé à cet homme et nous a dit qui il était. Mais c'est étrange, il était accompagné de son épouse. Enfin, cela fait presque deux ans maintenant, peut-être a t-il divorcé. Ils viennent dîner ici pour que personne ne les voit à Londres, je pense.

— Mais quel âge peut-il avoir?

— Oh je dirais entre 45 et 50 ans, Robin!

— Mais c'est son porte-monnaie qu'elle a choisi, je ne comprends plus rien Arthur. Mandy a dû le connaître par rapport à son travail. Elle travaillait d'abord à l'imprimerie *Webster,* et cela fait maintenant six mois qu'elle est employée à la Bibliothèque Nationale de Londres. Je comprends mieux maintenant. Tout s'éclaircit.

— Oublie Mandy, Robin. Tu t'es fait piéger. Tu trouveras une autre jeune femme qui sera plus honnête avec toi et qui ne s'intéressera pas qu'au fric et à sa carrière. Tes heures supplémentaires avaient bon dos! Je suis même content qu'on les ait vus, comme cela tu culpabiliseras moins.

— Merci d'être là Arthur.

— Mais c'est normal Robin, on se soutient entre amis.

— Maintenant on va commander. On boira un apéritif et cela ira mieux, tu verras.

— Je vais prendre une escalope milanaise, dit Robin.

— Et moi, je vais choisir des spaghettis à la sauce bolognaise.

— Fait moi penser aux pizzas ce soir, Robin.

— Oui, t'inquiète Arthur.

— Bon appétit Messieurs, dit le serveur en ramenant les plats.

— Robin, dis-moi ce que tu penses de cette enquête? Je veux entendre ton avis!

— J'ai le pressentiment que le produit dopant ne provient pas des entraîneurs mais plutôt d'un jockey ou d'un gars des écuries.

— Cela se pourrait, bon nous allons terminer et on verra ce que Roberta va nous apprendre!

Mandy et son ami avaient disparu. Une demi heure plus tard, nos enquêteurs arrivèrent au commissariat d'Epsom. Roberta les attendait.

— Bonjour Messieurs, j'ai une nouvelle information quant au *FIT NET*. Il a été commandé sur le Net, et ce n'est pas Joseph Scott qui l'a acheté.

— Mais qui est-ce?

— C'est Marc Hill qui a passé la commande! En voici la preuve. J'ai appelé le responsable du site.

— Il l'a certainement eu pour le donner à Scott, rétorqua Arthur. Mais j'ai l'impression que tout le monde nous ment depuis le début. Merci Madame Massoni.

— Je vous en prie, vous pouvez m'appeler Roberta.

— D'accord, mon collègue s'appelle Robin et moi c'est Arthur.

— Tu as vu Robin, elle ne porte pas d'alliance, en plus c'est une très belle femme!

— Oh Arthur, tu me fait rire, oui elle est belle, laisse-moi un peu souffler pour le moment veux-tu, ahahaha! On verra après l'enquête. Je dois me remettre un peu du choc émotionnel que je viens de subir.

— Bonjour Messieurs, fit une voix féminine derrière eux.

— Bonjour docteur Colins.

— Je vous ai copié le rapport de l'autopsie. Donc, comme je vous l'ai dit, la victime devait avoir des problèmes, car le foie n'est vraiment pas beau à voir. Tôt ou tard le produit lui aurait été fatal. Le poison qu'on lui a injecté est bel et bien de la digitaline. Et tout cela pour des courses hippiques et des paris stupides, je suppose. Et Golden Heart lui a peut-être donné un coup de sabot, mais c'est tout.

— Oui docteur, c'est triste en effet. Nous vous remercions.

— Bonjour Arthur et Robin. Alors comment avance l'enquête?

— Bonjour Louis. Nous avançons à petits pas, mais sûrement, répondit Arthur. Nous avons découvert, ou plutôt Roberta, que le produit dopant a été acheté par l'entraîneur de Scott, Hill. Or il nous a juré de ne rien savoir à ce sujet. Nous allons retourner à l'hippodrome pour en savoir plus! Ce serait vraiment sympathique d'embaucher encore un élément pour soutenir Roberta!

— Oui, très bien, heureusement que vous êtes venus à notre secours! Je vais voir ce que je peux faire. J'avais déjà demandé, mais Londres a refusé. Je vais réessayer.

— La prochaine fois on fera appel à vos services si on a des soucis, rétorqua Arthur.

— Ce sera avec plaisir.

Soudain le portable d'Arthur sonna. C'était la voix de Mac Arthur.

— Venez vite Messieurs, Hill est mort, je crois qu'il a été assassiné. C'est moi qui l'ai découvert dans les écuries. J'ai fermé la porte à clef en attendant que vous arriviez.

— Nous arrivons Monsieur Mac Arthur. Surtout ne touchez à rien.

— Que se passe-t-il, demandèrent Louis et Robin?

— Hill a subi le même sort que Scott!

— Quoi, quelqu'un ne voulait pas qu'on l'interroge. Il savait certainement des choses sur la mort de son jockey ou alors sur le club hippique. Contactons également la brigade financière de Scotland Yard pour qu'elle analyse les comptes de ce club. J'ai un drôle de pressentiment. Ils pourront en même temps passer au peigne fin ceux de Scott et de Hill.

— Je vais les appeler Arthur, ensuite nous retournons à Epsom. Oh quelle journée!

Arthur regarda sur sa montre. Il était 15 heures. Il contacta la médecin-légiste et la scientifique.

— Décidément, vous ne pouvez plus vous passer de nous, ironisa Mary Colins.

— C'est exact, répondit Arthur.

— Bonjour Messieurs, cria un Walter hors de lui, dès que les enquêteurs sonnèrent au portail.

— Je ne sais pas qui assassine mes collègues ici, mais toute cette histoire est grotesque. La réputation de l'hippodrome est ruinée à tout jamais.

— Monsieur Walter, je ne pense pas. Une fois le coupable sous les verrous, tout ira pour le mieux.

— Je l'espère!

— Nous connaissons le chemin.

— Bonjour Messieurs. Je n'ai touché à rien. Votre scène de crime est intacte!

Mac Arthur était livide.

— Mon Dieu, c'est épouvantable. Le tueur l'a de nouveau traîné dans le box de ce pauvre *Golden Hard*, s'écria Arthur. Le cheval est très nerveux Monsieur Mac Arthur. Je préfère que vous le mettiez dans un autre endroit, ce serait préférable pour lui et pour nous.

— Bien, je vais m'en occuper de suite. J'essaierai de ne pas trop marcher dans le box, j'espère que vous trouverez l'ordure qui a tué deux de mes collègues!

Mac Arthur calma *Golden Heart* et le sortit aussitôt.

— Merci Monsieur Mac Arthur. A quelle heure avez-vous découvert le corps?

— Cela doit faire une heure maintenant.

— Que faisiez-vous dans les écuries?

— Je voulais aller voir *Funky Town* le cheval de Keith Jones et j'ai vu le corps de Hill allongé par terre. Pauvre *Golden Heart*, il devait être terrorisé. Je vais le prendre sous ma protection et le ferait monter par Jones. En fait, je dois en parler d'abord à Robert Walter pour le contrat de transfert, j'attends sa proposition.

— Donc, si je comprends bien, ces deux meurtres vous arrangent dans un certain sens?

— Mais comment osez-vous, c'étaient deux de mes collègues! Je ne vais certainement pas assassiner mes amis pour m'approprier *Golden Heart*. C'est grotesque!

— Oui, Monsieur Mac Arthur, mais vous aviez un mobile, car à ce que j'ai pu comprendre *Golden Heat* est un excellent cheval. Il a et gagnera encore beaucoup de courses. Ensuite, je ne crois pas que les autres jockeys puissent se permettre d'acheter ce cheval.

— Non, en effet, il vaut une fortune, mais j'essaierai de négocier son prix. Les jockeys qui sont membres de l'association ont leur mot à dire. Peut-être voudront – ils le monter également? On verra ce que Walter va me dire.

— Très bien, je comprends, répondit Arthur.

— Pouvez-vous me dire si vous avez vu ou entendu quelqu'un dans les écuries ou aux alentours.

— J'ai vu Taylor à environ 200 mètres des écuries; il se dirigeait vers l'hippodrome. Ensuite j'ai aperçu Walter qui le rejoignait.

— Merci Monsieur Mac Arthur pour ces précisions.

Soudain le portable de Smith sonna.

— Bonjour Arthur, c'est Masters à l'appareil. Vous avez un deuxième meurtre sur les bras? Votre supérieur, James Alistair vient de m'appeler.

— Oui Monsieur le Procureur. Je l'en ai informé avant de revenir à Epsom.

— Qu'en pensez-vous, Arthur?

— La police scientifique est en train de passer la scène de crime au peigne fin. J'espère qu'ils vont trouver quelque chose. Je n'ai pas encore parlé à la médecin-légiste. Je suis néanmoins convaincu que l'assassinat est lié à cette histoire de produit dopant. Je vais vous rappeler dès que nous en saurons plus, Monsieur le Procureur.

— Oui s'il vous plaît, vous n'ignorez certainement pas que la mairie d'Epsom m'a déjà appelé à deux reprises. Ensuite, la cour royale voit cette, permettez-moi l'expression, publicité morbide, d'un mauvais oeil. Ils m'ont prié de ne pas ébruiter le scandale de dopage.

— Oh, je pense que sa majesté, la reine d'Angleterre et sa famille ne doivent pas apprécier du tout. Nous ne pouvons négliger aucune piste, mais j'ai déjà ma petite idée, il faudra juste que nous puissions le prouver. Nous tenons la presse à l'écart, ne vous inquiétez pas, Epsom survivra, car une brebis galeuse ne peut pas infecter tout un troupeau. A bientôt, Monsieur le Procureur!

— Arthur, j'ai entendu, quelle idée as-tu derrière la tête?

— Patience Robin, laisse moi faire, d'abord la médecin-légiste et Roberta Massoni.

— Inspecteur je peux vous parler?

— Oui Madame Colins, avez-vous tiré vos conclusions ?

— La victime a été assassinée de la même manière que le jockey. Je pencherai pour une injection de digitaline. L'heure du décès doit se situer aux environs d'une heure de l'après-midi. Je pourrai vous en dire plus demain matin après les résultats de l'autopsie. On dit toujours que les morts ne parlent pas, mais si on les observe bien ils ont tant de choses à nous révéler. Ah, j'ai vérifié dans les pharmacies du coin, un pharmacien a signalé le vol de digitaline dans sa pharmacie. Voici son adresse. Je vous ai mis également les lots et références des produits manquants.

— Merci docteur Colins, cela nous sera d'une grande utilité.

— Bonjour Arthur, Robin, s'écria Roberta.

— J'ai pris les empreintes dans le box. Ce pauvre cheval, on lui en a fait voir de toutes les couleurs. Les humains, qui les connaît, préfère les animaux. Enfin, ce n'est rien à côté de ce que les victimes ont dû subir. Je vais fouiller dans les poubelles, peut-être vais-je trouver ces fameuses injections de digitaline, sait-on jamais. Le meurtre parfait n'existe pas.

— Merci Roberta, rétorqua Robin.

— Je vous en dirai plus demain matin.

— Au revoir et bonne continuation, Messieurs.

— Au revoir Roberta!

— Bonjour, je suis Bobby Carter de l'inspection financière, fit une voix masculine en rentrant dans les écuries.

— Bonjour Monsieur Carter, voici l'inspecteur Robin Hard, je suis l'inspecteur en chef Arthur Smith.

— Nous allons laisser faire la médecin-légiste et la police scientifique. Je vais vous présenter Robert Walter, le gérant de l'hippodrome d'Epsom. Il pourra vous présenter les livres de compte. Nous aurions également besoin de votre aide pour éplucher les comptes bancaires des deux victimes, car je vous l'avoue, nous n'avons pas eu assez de temps pour le faire, les interrogatoires et rapports nous ont pris un temps fou!

— Bien sûr, dès que j'en ai terminé ici, je vous refile un coup de main.

— Merci c'est très aimable de votre part.

— Monsieur Walter, appela Smith en rentrant dans le grand hall.

— Je suis ici, que puis-je faire pour vous, Messieurs?

— Nous aurions besoin de vos livres de compte.

— Mais qu'est-ce que les livres de compte ont à voir avec les deux meurtres?

— Peut-être plus que vous ne le croyez!

— Ah bon, je ne vois pas. Je vais vous les chercher, la comptabilité a été contrôlée au mois de juin par une fiduciaire. Ils n'ont rien trouvé de suspect.

— Nous aurions besoin de votre ordinateur et de votre mot de passe, demanda Bobby Carter. Un de nos collègue, spécialiste en informatique va venir sous peu, il devra contrôler le disque dur.

— Bon d'accord, répondit un Robert Walter irrité. Je ne comprends toujours pas pourquoi cela a un rapport avec les assassinats, mais si vous y tenez!

— Bonjour Messieurs, je suis Alphonse Lake, l'expert en informatique, fit une voix masculine.

— Bonjour Monsieur Lake, voici mon collègue Robin Hard, inspecteur, Monsieur Carter est déjà en train d'éplucher la comptabilité. A vous l'honneur d'analyser le disque dur.

— Je peux aller faire mon travail sur le champ de course? demanda Walter d'un ton nerveux.

— Bien sûr mais ne vous éloignez pas, si jamais nous avions des questions.

— D'accord. Ma secrétaire va vous faire un café si vous le souhaitez?

— Oui c'est très aimable, Merci!

— Encore une chose, est-ce que vous saviez que c'était Hill qui avait commandé les produits dopants pour votre jockey?

— Quoi, mais c'est incroyable, non je l'ignorais. A toute à l'heure Messieurs.

— Robin ne le perds pas des yeux, suis le discrètement.

— D'accord Arthur.

— Venez voir ce que j'ai trouvé, s'écria Carter après une dizaine de minutes.

— Walter était accroc aux jeux, et il manipulait les courses. Le nom d'un jockey y figure également, Peter Taylor. Ils doivent être associés. Ils se sont fait beaucoup d'argent avec des courses truquées.

— Intéressant, peut-être que Hill et Scott ne voulaient pas marcher dans leur combine, et ils les ont éliminés? s'exclama Smith.

— C'est probable!

— Si vous le souhaitez, je vais m'occuper maintenant des comptes de Scott et Hill, dit Carter. Avec le fichier *FICOBA* cela va être facile. Ensuite je demanderai aux instituts bancaires de nous envoyer les détails.

— Je vais convoquer Walter et Taylor pour les mettre devant un fait accompli. Mais d'abord je vais appeler la femme de Taylor pour qu'elle vienne ici. J'aurai des questions supplémentaires à lui poser.

— Bonjour Madame Taylor, c'est Arthur Smith de Scotland Yard. Pourriez-vous vous libérer de suite s'il-vous-plaît.? Nous aurions quelques questions à vous poser. Nous vous attendons au hall de réception d'Epsom. Oui Madame, c'est très urgent. Merci!

— Robin, oui, tu es un peu loin, c'est pour cela que je t'appelle sur ton portable. Walter et Taylor étaient des accrocs aux jeux et ils manipulaient les courses. Dis-leur de venir ici. Je viens d'appeler la femme de Taylor, je pense que son alibi n'est pas totalement correct. J'ai des doutes.

— D'accord Arthur, je te rejoins avec Taylor et Walter.

— Messieurs, veuillez prendre place!

— Quoi encore, fit un Walter hors de lui.

— Mais cela suffit avec vos questions, nous vous avons tout dit, cria Taylor!

— Messieurs, calmez-vous, vous avez tous les deux intérêt à coopérer avec la justice, car nous venons de découvrir que vous manupuliez les courses. Si la cour royale apprenait cela dans les journaux, croyez-moi, ce serait plus grave que cette sordide histoire de produit dopant. Nous avons toutes les preuves, elles se trouvent dans votre ordinateur Monsieur Walter.

— Je veux un avocat, s'écria Walter écarlate. Je ne vous dirai plus rien.

— C'est votre droit, appelez-le, nous attendrons le temps qu'il faudra.

Walter composa un numéro de téléphone. Il hurla dans le combiné, ses nerfs étaient à vif.

— Maître Wilkinson arrive dans dix minutes! Tout ceci ne prouve pas que j'ai tué Scott et Hill, et pour quelle raison ?

— Parce que Monsieur Scott ne souhaitait certainement pas participer à votre escroquerie, non? Hill avait probablement été informé par Scott.

— Je n'ai pas assassiné Scott et encore moins Hill ; pour les paris truqués, oui, je suis coupable mais pour les meurtres, non.

— Venons-en à vous Monsieur Taylor. Je viens d'appeler votre épouse. Elle va arriver d'un moment à l'autre.

— Mais mon épouse vous a confirmé notre alibi, je ne vois pas comment j'aurai pu assassiner mes collègues?

— Monsieur Taylor, ne m'avez-vous pas dit que vos parents sont propriétaires d'une pharmacie?

— Oui, mais je ne vois pas le rapport avec les deux homicides. Décidément je crois que j'ai affaire à des débutants.

— Monsieur Taylor, gardez votre sarcasme pour vous, nous allons vous prouvez le contraire! Vous allez descendre de votre piédestal!

— Notre médecin-légiste m'a informé qu'une pharmacie a signalé un vol de deux seringues de digitaline. Et comme par hasard, c'est la pharmacie de vos parents.

— Vous plaisantez. Cela pourrait être n'importe qui!

— Ce n'est pas une preuve.

— Oh que si, même si elle est indirecte. Si notre police scientifique retrouve ces piqûres et détecte des empreintes sur les flacons, on aura des preuves directes, qu'en pensez-vous? De plus, un témoin vous a vu non loin des écuries au moment du meurtre.

— Je veux parler à mon avocat, je ne dirais plus rien.

— Faites donc, répondit Arthur.

Taylor appela son avocat.

— Maître Border est en route!

— A partir de cet instant, je vous place tous les deux en détention, Messieurs. Les chefs d'accusation sont: association de malfaiteurs, jeux truqués et meurtres prémédités. Vous pouvez garder le silence, tout ce que vous direz pourra être retenu contre vous. Je vous conseille de coopérer. Cela pourrait alléger votre peine.

— Quoi, fit Walter, je n'ai rien à voir avec tout ça. J'avoue tout le reste, mais pas le meurtre.

— Bonjour Messieurs, je suis Julie Taylor, fit une voix hautaine. Vous m'avez appelé. Que se passe-t-i ?

— Bonjour Madame, répondirent les enquêteurs.

— En effet, c'est moi qui vous ai appelé Madame Taylor. Veuillez prendre place.

— Je ne comprends pas ce que mon mari a à avoir avec ces meurtres?

— Nous avons découvert que deux injections de digitaline avaient disparues de la pharmacie de vos beaux-parents. Ils avaient signalé le vol. Notre police scientifique est en train de rechercher les ampoules vides et vérifie si le criminel a laissé des empreintes.

— Mais cela peut-être n'importe qui? C'est ridicule de suspecter mon mari!

— Nous verrons, répliqua Smith. Ce n'est pas si ridicule que vous le croyez!

— Dites-moi Madame Taylor, vous nous aviez dit que vous étiez sorti du *AL DIVINO* vers 22 heures à peu près?

— Oui c'est cela. Est-ce que votre mari est resté chez lui ou est-il encore une fois sorti? Attention, Madame Taylor, une déclaration erronée ou incomplète pourrait vous coûter très cher pour parjure, entrave à une enquête en cours et dissimulation de preuves dans une affaire de meurtre. Nous avons la possibilité de localiser le portable de votre mari même quelques jours après le meurtre.

— Mon mari m'a ramené à la maison, ensuite il a dit qu'il devait aller au club hippique. Il a prétendu avoir oublié son portable. Après une trentaine de minutes il est revenu d' Epsom avec son téléphone. Mais cela ne fait pas de lui un meurtrier, Monsieur l'inspecteur en chef.

— Estimez-vous heureuse que nous fermions les yeux au sujet de votre « oubli », si on considère ainsi un faux témoignage. J'attends l'expertise de la police scientifique.

Soudain on entendit frapper à la porte. Les avocats de Taylor et Walter se présentèrent. Au même moment Roberta Massoni entra dans le bureau.

— Messieurs, vous pouvez vous entretenir avec vos clients. Je vous conseille de les raisonner. Smith et Hard sortirent du bureau.

— Alors Roberta, j'espère que vous nous apportez de bonnes nouvelles?

— Je pense, fit-elle!

— J'ai retrouvé les seringues et les ampoules vides dans les poubelle du club hippique. Les empreintes ne sont que partielles mais ce sont celles de Monsieur Taylor. Nous avons eu une chance inouïe que le ramassage des ordures ménagères n'ait pas été fait. Dieu Merci!

— Merci beaucoup, s'écrièrent Smith et Hard.

— Vous avez fait un travail remarquable, dit Smith.

— Merci Messieurs, mais sans votre aide, la police d' Epsom n'aurait pas réussi aussi rapidement à arrêter le meurtrier.

— Dès que cette enquête sera terminé nous irons déjeuner tous les trois. Qu'en pensez-vous? demanda Smith.

— Je n'y vois pas d'objection, répondit Roberta, et elle leur offrit son plus beau sourire.

— Mais vous n'avez rien contre mon client, s'écrira maître Border. Ce ne sont que des suppositions.

— Oh que non, s'écria Smith, la police scientifique a retrouvé les seringues et les ampoules de digitaline qui ont servi à supprimer les victimes. Les empreintes partielles sont celles de votre client. La culpabilité de Monsieur Taylor est ainsi prouvée!

— Bon, c'est moi qui ait empoisonné Scott et Hill. Scott avait découvert ce que Walter et moi avions fait et voulait nous dénoncer à la police. Nous lui avions proposé de « jouer le jeu » et de perdre de temps à autre.

Il refusait. Cela aurait pu lui rapporter gros. Je suppose que Scott l'avait dit à Hill avant sa mort. Ce dernier voulait nous faire chanter. J'ai dû l'éliminer à son tour. Walter n'était pas au courant pour les homicides. C'est tout ce que j'ai à dire, rétorqua Taylor.

— Décidément, vous n'aviez aucun scrupule! répondit Smith. Votre palmarès vous permettra de rester derrière les barreaux jusqu'à la fin de votre vie!

— Quant à vous Monsieur Walter, étiez-vous au courant que Monsieur Taylor avait tué Scott et Hill? Faites attention à ce que vous allez me répondre!

— Non, Monsieur l'inspecteur en chef, mais j'avais mes doutes.

— Vous aviez peur que la réputation d'Epsom soit ruinée à cause d'une affaire de dopage, maintenant elle est ruinée à cause de deux crimes. C'est grotesque non? Vous n'avez rien à voir avec tout ça, certes, mais vous serez poursuivi pour abus de pouvoir, association de malfaiteurs et jeux truqués. Vous resterez quelque temps derrière les barreaux! Vous êtes un être avide de pouvoir et vous avez trompé tous vos collègues ! D'orénavant, l'association des jockeys devra élire un nouveau responsable.

Smith appela les deux agents qui étaient postés devant la porte du bureau.

— Agents, veuillez mettre ces deux individus en détention. Ils seront présentés encore aujourd'hui au juge d'instruction, Edward Miller.

Smith appela Monsieur le Procureur qui laissa éclater sa joie ! Soudain son portable sonna !

— Allô Béatrice, oui l'enquête vient juste d'être close. Nous avons arrêté l'assassin des deux victimes, car depuis hier, il y avait encore un mort à déplorer. Ah, tu l'as entendu à la radio. Robin et moi avons encore des papiers à remplir, ensuite nous rentrons à la maison. Nous allons ramener des pizzas. Et toi ça va mieux qu'hier? Très bien, cela me fait plaisir. A ce soir ma chérie, moi aussi je t'embrasse. Oh, je pense que l'on mettra à peu près une heure et demi pour terminer. Nous serons là entre 20 h et 20 h 30 au plus tard.

Les enquêteurs rédigèrent leur rapport et le ramenèrent à Monsieur le Procureur.

— Messieurs, merci de tout coeur. La cour royale vous adresse ses sincères félicitations.

— Robin, je vais appeler Mac Arthur. Il a l'étoffe pour diriger le club hippique. Je sens qu'il est juste.

— Bonsoir Monsieur Mac Arthur. Oui, nous avons trouvé le meurtrier. Vous lirez son nom demain matin dans la presse.

— Quoi, mais je rêve. Merci de m'avoir prévenu. Nous nous retrouverons dans les prochains jours. Je vous appellerai pour un déjeuner. Merci pour votre aide, tout le monde vous est très reconnaissant.

Et c'est ainsi que se termina cette histoire des deux meurtres du monde monde hippique sur le champ d'Epsom. Un monde étrange et opaque où seulement le pouvoir, la corruption et l'argent avaient leur place. A moins qu'une personne plus engagée et loyale puisse changer les mentalités!

Je remercie Marie-Josée et Angèle pour leur patience et leur aide.

Mes amis et connaissances pour leur soutien.

BoD qui m'a permis d'être éditée.

Edition: BoD – Books on Demand,

12/14 rond-point des Champs Elysées, 75008 Paris

Impression: BoD – Books on demand, Norderstedt, Allemagne

ISBN: 9 782322 388547

Dépôt Légal: novembre 2021